Rudolph Oeser

Die Selbstsüchtigen, Drama in fünf Aufzügen von Rudolph Oeser

Rudolph Oeser

Die Selbstsüchtigen, Drama in fünf Aufzügen von Rudolph Oeser

ISBN/EAN: 9783743365711

Hergestellt in Europa, USA, Kanada, Australien, Japan

Cover: Foto ©Andreas Hilbeck / pixelio.de

Manufactured and distributed by brebook publishing software
(www.brebook.com)

Rudolph Oeser

Die Selbstsüchtigen, Drama in fünf Aufzügen von Rudolph Oeser

Die Selbstsüchtigen.

Drama in fünf Aufzügen

von

Rudolph Oeser.

Berlin 1889.

Personen.

Kurt, Freiherr von Ernthal=Molkenthin.

von Gollnow, Rittmeister a. D.

Ada von Gollnow, dessen Tochter.

Fräulein von Bergersberg.

Gottwalt, Buchdruckereibesitzer ꝛc.

Olga, dessen Tochter.

Hans Nortau, Lieutenant zu See, Pflegesohn Gottwalts.

Dr. Börner, Redakteur des Gottwaltschen Blattes.

von Flüssig, Apotheker,
Littmann,   } Partei=Obmänner.
Pantzer,

Wasili Iwanow, Sekretair des Baron von Ernthal.

Erster, Zweiter, Dritter Diener. Ein Druckerlehrling. Gäste.

      Fackelträger u. s. w.

         Ort der Handlung: Eine große Stadt.

            Zeit: Die Gegenwart.

Erster Aufzug.

Salon bei Gottwalt. Links führen Thüren zur Redaktion, rechts zur Wohnung. Die Hinterseite der Bühne zeigt Fenster (Erker). Der Salon ist wohnlich und behaglich, aber bürgerlich eingerichtet.

Erster Auftritt.

Olga (in innerem Kampfe). Ob er heute wiederkommt? — Nein, ich gehe nicht wieder zum Fenster — heute nicht — nie mehr! Mein Herz sagt: ja, ich gehe doch! O böses Herz! Gestern, vorgestern, die letzte Woche — immer blickt er herauf. Und immer grüßt er. Wen? Mich? Mich! Ach! Wie aufgeregt, wie bang, so ganz wild stürmt es hier innen. — Ich gehe nicht an's Fenster! Nein! Kenne ich ihn denn? Und um den Unbekannten so ruhelos, nicht still — nicht heiter, wie sonst? Horch — sein Schritt! Ich lasse ihn vorüber und dann blicke ich ihm heimlich nach! Nein! Doch! Er kommt näher — er wartet? . . . Ach, ich muß, ich muß ihn sehen! Er grüßt! Sein Blick, sein kühner, stolzer Blick sucht mich. Er lächelt — ach! Er geht? Mir ist als sähe ich ihn niemals mehr! — O gewiß, morgen kommt er wieder! — — Väterchen!

Zweiter Auftritt.

Olga und Gottwalt.

Gottwalt. Nun? Ho! Ho! Du glühst ja wie 'ne Rose! Na — zum Morgengruß keinen Kuß?

Olga (lächelnd). O ja, Papachen!

Gottwalt. Die Backe? Einen tüchtigen Schmatz auf den Mund! — So! Komme doch mal her. Verlegen? Hm! Hm! — Was hast Du? — Olga, in jüngster Zeit suchten mancherlei Augen die Deinen?

Olga. Aber sie fanden sie nicht, Papa!

Gottwalt. Du gabst ihnen keine Ursache. Aber der Frühling entfaltet die Knospen. Und solche frische Blüthe —! Da wird es schwer, den sorgsamen Gärtner zu machen!

Olga. Weshalb sagst Du das mir, Vater?

Gottwalt (sie prüfend ansehend). Olga? . . . (dann). Ich habe eine Nachricht, eine fröhliche Botschaft. Rathe, was?

Olga. Ich bin zu unruhig, um Räthsel zu lösen. Was ist es denn? Sage es doch! Väterchen, ja?

Gottwalt. Hans —

Olga. Er kommt? Wie schön!

Gottwalt. Ihr werdet gut umhertollen! Heute Nach= mittag.

Olga. Schon!

Gottwalt. Schon? Das klang wenig fröhlich! Er freut sich auf den warmen Empfang?

Olga. Ich freue mich, freue mich auch, Papachen!

Gottwalt. So? Thust Du das? Olga, setze Dich mal hierher. Und laß mich Dein Köpfchen so in beide Fäuste nehmen. Wie Du jetzt aussiehst? Wie 'ne Hand voll rother Kirschen! Bist ein frisches Mädel, Du!

Olga (innig). Du lieber, lieber Vater!

Gottwalt. Du Schmeichelkatze!

Olga. O Herzens=Väterchen!

Gottwalt. Mein Liebling! — Ja, ein zärtliches Herz, das hast Du. Ich aber bin jetzt ein alter, morscher Stamm, von dem Du der einzig übrig bleibende Zweig bist. Was ich an Liebe habe, gehört wohl Euch, Dir und Hans —

Olga. Und Doktor Börner?

Gottwalt. Börner? Der hat meine Achtung, mein Ver= trauen; meine Liebe? (zuckt die Achseln.)

Olga. Weil er ein „Stiefkind der Natur?"

Gottwalt. Mag sein! Doch, Olga, laß' mich darauf zurückkommen: es ist nicht zu früh für mich, einmal an das Scheiden zu denken, das letzte Scheiden! Und ich sehne mich wahrhaft nach der Hand, die dann das mir liebste leiten wird — nach einer festen Hand! Denn Deine Adern, Du Schelm, dehnt heißes Blut. Und Deine jungen Augen sehen die Welt noch ganz im Rosenlicht.

Olga. Vater! Wir leben doch ganz glücklich, wir Beide? Warum nun solche düstern Gedanken?

Gottwalt. Ho! Weil sie mich ärgern, die schlechten Hausväter! Die leben dahin im Leichtsinn, sorgen nicht vor, und denken nicht vor. Und kommt der Tod, sind ihre Kinder unvorbereitet wie die Kücken. Soll's wohl selbst so machen? He? Ich habe die Hand für Dich gefunden, und ich sage, Du wirst der Werbung folgen.

Olga (aufspringend). Ein Antrag? Ach! Wer ist es? — Soll ich's errathen, Papa?

Gottwalt. Es freut Dich? Das ist wenigstens vernünftig!

Olga. Wer kann's nur sein?

Gottwalt. Ich nannte ihn!

Olga (erschrocken). Um Gotteswillen! Doch nicht —

Gottwalt. Der Doktor? Wo denkst Du hin. Entfernter suche! Nun? Du ahnst es nicht? Ihr habt es Euch oft versprochen, als Ihr Beide jünger ward. Und Hans —

Olga (sehr enttäuscht). Hans? Der? Ach mein Gott!

Gottwalt. Er verehrt Dich längst.

Olga. Hans? Und ich dachte —? O!

Gottwalt. Er nahm manchen Deiner Streiche auf sich! Du naschtest die Stachelbeeren — Hans bekam die Strafe. Ich ahnte, wo das hinaus will! Nun geht's zur baldigen Hochzeit!

Olga (abweisend). Mit ihm? (Für sich, bestimmt) Nie!

Gottwalt. Horch! Der Doctor.

Dritter Auftritt.

Vorige. Dr. Börner.

Dr. Börner (aus der Thür links zurücksprechend). Gleich in die Druckerei. Alles Unterstrichene fett zu setzen, fett! (eintretend) Der kriegt's! Der kriegt's! Hahahaha! Der Schuft! Der Schuft!

Olga. Sie haben wieder Galle statt Tinte genommen, Doktor?

Dr. Börner. Ah, Madonna! Meinen Gruß zu Ihren Füßen! Eine Spinne erlaubt sich, dem verkörperten Frühling ihr Compliment zu machen.

Olga. Pfui!

Dr. Börner. Haha! Eine Spinne!

Olga. Pfui, wer wird so garstig von sich selbst reden!

Dr. Börner. Bin ich eine Spinne? Bin ich eine aufrechte Heuschrecke, die den Kopf feierlichst unter'm Arm trägt? Bin ich? Bin ich, Olga?

Olga. Bin ich der „verkörperte Frühling?"

Gottwalt. Lassen Sie sich doch diese Concurrenz=Angriffe nicht anfechten!

Olga. Bin ich?

Gottwalt. Solche niedrige Gesinnung straft sich selbst!

Dr. Börner. Aber ich bin beleidigt worden! Und ich lasse mir nichts gefallen — gar nichts! (auf seinen mißgestalteten Wuchs zeigend). Das ist die Stelle, an der ich verwundbar bin. Haha! Ging's nach mir, ich wäre ja ein Apoll an Schönheit, ein Aesop an Geist, ein Shakspere an Genie, ein Bismarck an Thatkraft —

Olga. Und ein Rothschild an Reichthum?

Dr. Börner. Madonna, darauf würde ich dann groß= müthig verzichten. Haha! Aber Herzen erobern —

Olga. Wie wer?

Dr. Börner. Wie? O — wie jener hübsche Ernthal= Molkenthin.

Gottwalt. Baron Ernthal? Kennst Du den Olga?

Olga. Ich? Nein, Papa. Wie soll ich ihn kennen?

Gottwalt. Das ist mir lieb! Ich sah ihn neulich unter unseren Fenstern — und die Galle stieg mir dabei auf.

Olga (aufmerksam). Unter unseren Fenstern?

Dr. Börner. Ein schöner Mann, Madonna. Kühn — und gefährlich. Denn sein Herz hat nur eine Kammer, die für die Eigenliebe — für den krassen Egoismus.

Gottwalt (hat Olga heimlich scharf beobachtet; ablenkend). Hm! Doktor, dachten Sie schon an einen Wahl=Artikel?

Dr. Börner. „Auf zur Wahl! Mitbürger! Wieder ruft uns die Pflicht an die Wahlurne!" Natürlich. Wenn wir nur schon einen Kandidaten hätten, der das Alles ver= tritt, was wir so schön schreiben — und doch auch stolz und ehrlich träumen!

Olga. Sie träumen auch, Doktor?

Dr. Börner. Träumen? Träume sind ja mein Reich, Madonna. Da herrsche ich als König mit einer Krone auf dem Kopfe und einem güldenen Szepter in der Hand. Hahaha! — O, Olga, mir träumte ich sähe Sie mit einem stolzen, schönen Manne in die weite Welt fahren.

Olga (freudig). Ach! wirklich?

Dr. Börner. Ich stand zur Seite, ganz im Winkel und wirbelte lange, lange mit dem Tuche — und das bitterste Scheide= wasser trat mir in die Augen. Denn Sie bemerkten mich nicht!

Olga. Wie können Sie das wieder denken? Sind Sie mir nicht stets ein lieber Freund gewesen?

Dr. Börner (sich abwendend). Freund — Freund! Und niemals mehr als Freund!

Gottwalt. Ich überlege eben, Doktor, es ist wirklich schwer, diesmal den rechten Mann für unsere Kandidatur zu finden?

Dr. Börner. Ja! Leute in Hülle und Fülle, die die Ehre kitzeln würde. Aber nichts zum täglichen Gebrauch! — Madonna, Sie gehen?

Olga. Die Politik vertreibt mich!

Dr. Börner. So lassen wir die das Feld räumen?

Olga. O! Die ist zu halsstarrig — Adieu! (Ab.)

Vierter Auftritt.

Vorige, ohne Olga.

Dr. Börner. Adieu, Madonna! — (Schnell, gespannt.) Weiß sie? Ihre Neckerei klang verstimmt — ihre Augen wichen aus — ihr Gemüth erfüllte etwas Fremdes!

Gottwalt. Ich sprach darüber.

Dr. Börner. Wie nahm sie's auf?

Gottwalt. Sie ahnte gar nichts.

Dr. Börner. Wie nahm sie's auf?

Gottwalt. Potz Wetter! Gut — denke ich.

Dr. Börner. Sie wird ihn heirathen? O Hans! Ich muß sie ihm wohl gönnen.

Gottwalt. Wir wollen das Unsrige dazu thun. Seien Sie auch hierin mein Helfer!

Dr. Börner. Ich bin's — zwar mit schwacher, doch mit ganzer Kraft. Ich sehe schließlich einen Vortheil dabei. Hans und Olga — da finde ich später auch meinen Platz am großen Familien-Eß-Tisch — da mache ich mich nützlich — als Kinderfrau. Hahaha! Psch! Psch! Psch! Still mein Bübchen. Psch!

Fünfter Auftritt.

Vorige. Apotheker von Flüssig.

v. Flüssig. Morgen! Morgen! Störe doch nicht?

Gottwalt. Willkommen! Ich bitte Sie!

Dr. Börner. Freund und Berufsgenosse!

v. Flüssig. Berufsgenosse? Wie? Wieso?

Dr. Börner. Ja! Ich schreibe Zeitung — Sie reden Zeitung und ich wette meine heutige Nummer gegen die gestrige: Sie wissen uns wieder eine interessante Neuigkeit?

v. Flüssig. So wüßten Sie noch nichts? Sie wüßten wirklich —

Dr. Börner. Gar nichts! Keinen Buchstaben.

v. Flüssig. Wirklich? Aber hören Sie, — wirklich?

Gottwalt. Ja wovon, lieber Herr von Flüssig? Setzen Sie sich und erzählen Sie.

v. Flüssig. O bitte! bitte! Kam nur auf einen Sprung herüber — muß gleich wieder gehen. Aber wenn Sie nichts wissen, ist es gar nicht wahr! Sie müßten es doch zu allererst wissen.

Gottwalt. Sie sind uns ja öfter mit Neuigkeiten zuvorgekommen —

Dr. Börner. Und unser lokaler Theil lebt von den Brosamen, die von Ihrem reich besetzten Tisch fallen!

v. Flüssig. Zu gütig! Zu gütig! O — ist nur Partei-Interesse. Aber heute — die Kandidatur!

Dr. Börner. Sie haben Eine?

v. Flüssig. Diese Kandidatur!

Dr. Börner. Sie haben Eine? Heraus damit — oder ich setze Ihnen meine Scheere grausam auf die Brust!

v. Flüssig. Solche Kandidatur!

Gottwalt. Reden Sie doch! — Sie wissen, daß von mir nichts ohne die Partei entschieden wird.

v. Flüssig. Ich ließ Rezepte, ja ich ließ die Kunden im Stich, als ich hörte, Baron Ernthal trete als unser Kandidat auf!

Gottwalt. Von Ernthal-Molkenthin?

v. Flüssig. Denken Sie nur? Der!

Dr. Börner. Er paßt! Ein Mann von Einfluß und Energie! Ein starker Mann! Daß Der uns nicht einfiel?

v. Flüssig. Sie sehen mich bestürzt!

Gottwalt. Es müßte mehr als ein Gerücht sein!

Sechster Auftritt.

Vorige. Littmann und Panzer (von links). Später ein **Druckerlehrling.**

Dr. Börner. Habeant! Wir haben ihn, um den wir uns den Kopf zerbrochen!

Littmann. Es wäre wahr?

Dr. Börner. Wahr? Das weiß ich nicht. Aber meiner Feder kitzelt es, urbi et orbi die große Neuigkeit in wohlgesetzten und möglichst begeisterten Worten zu verkünden.

Gottwalt. Nicht so eilig! Meine Herren, willkommen! Sie haben davon gehört? Es will mir sobald nicht gefallen.

Pautzer. Das wäre auch keck von dem Mann! Bei solchem Renommée!

Dr. Börner. Das? Hat uns das etwa zu kümmern? Ha! Wir können ihn brauchen, wenn er es sonst ehrlich meint!

Pautzer. Der und ehrlich!

Littmann. Ein stadt= und landbekannter Roué ist er!

Dr. Börner. Er wird sich die Hörner ablaufen! Hat junges Blut — ist rasch und keck — solche Leute liebe ich!

v. Flüssig. Lieben Sie ihn doch! Hehehe! Uns darf er absolut nicht kommen!

Gottwalt. Ho! Ho!

v. Flüssig. Nein, uns nicht! Denken Sie doch nur, denken Sie, was für Orgien er in seinem Schlosse feiert. Bis zum Hahnenschrei sieht man die Lichter herunterschimmern aus dem alten Steinsarg.

Dr. Börner. Führt nicht seine stolze Tante, die Gräfin Ernthal=Börnbach, dort das Regiment? Und wollen Sie ihm Ihre unschuldigen Töchter anvertrauen? Oder soll er im Reichstag Partei und Volk vertreten? Ich denke, dazu paßt der Mann!

Pautzer. Hat sich vor lauter Hochmuth wenig um's Volk gekümmert.

Dr. Börner. So liegt es doch gerade an uns, ihm den ersten Schritt zu erleichtern!

Pautzer. Weil's jetzt mit seiner Herrlichkeit abwärts geht? Den dürfen wir garnicht vorschlagen!

Gottwalt. Ei, Potz Tausend! Dürfen nicht?

v. Flüssig. Nein — wir dürfen nicht! Dürfen absolut nicht!

Gottwalt. Alle Wetter! Wer befiehlt? Wer hätte das zu befehlen!

Pautzer. Ich meine blos! Wir sollten uns aussprechen!

Gottwalt. Dürfen nicht! Wer sollte uns zwingen?

Dr. Börner. Haben wir einen Mann nach den Gläsern Wein zu beurtheilen, die er hinabgießt? Oder nach der Zahl der Weiber, denen er das Hirn revoltirt? He?

v. Flüssig. Sie wären dabei im Vortheil, Doktor! Hihihihi!

Dr. Börner. Ich? Ja Apotheker — wenn mir Eure Wundertränke noch anschlügen!

Gottwalt. Sie sind zu eifrig, Doktor! Sie kennen seine Art, meine Herren!

Pautzer. So ist er im Gesangverein — wir nehmen ihm nichts übel!

v. Flüssig. Ein geistreicher Mann darf sich viel erlauben — nicht wahr? Nicht wahr, meine Herren?

Dr. Börner. Sie beschämen mich, theure Freunde! Ihr Lob, Herr von Flüssig, thut meinem armen Herzen außerordentlich wohl. Hahaha! Ich habe Prunk und Zierrath genug am Körper — da! Soll ich mir auch noch Schling=Pflanzen vor den Mund wachsen lassen, wie? Handelt sich's denn um mich? Oder handelt sich's um die Partei, he?

Littmann. Um die Partei! Die Sache ist schwieriger, als es scheinen will. Es gehen nämlich noch andere Gerüchte um in der Stadt.

Dr. Börner. Die wir nicht eingefangen hätten?

Pautzer. Ja! Ja! Ich hab's auch läuten gehört!

v. Flüssig. Hören Sie! Sehen Sie?

Gottwalt. Theilen Sie's nur mit! Sollte uns der Herr Baron die Ehre erweisen, müßten wir vorbereitet sein.

Littmann. Ich weiß nicht, ob ich offen reden darf?

Dr. Börner. Hier ist es einfach Pflicht zu reden.

v. Flüssig (neugierig). Es bleibt ja unter uns!

Littmann. Nun denn, der Baron wünschte in die Regierung einzutreten —

Pautzer. Das ist ja bekannt!

Littmann. Er wurde abgewiesen —

Dr. Börner. Aber warum?

Gottwalt. Er ging in einer kleinen Mission nach Petersburg. Nun wollte er, da ihm das glückte, pochend auf seinen Namen, gleich zu hoch hinaus. Und doch hätte er vielleicht das Ziel erreicht, wäre er nicht so stolz gewesen.

v. Flüssig. Er wurde also abgeworfen — bei Seite geschoben. Nicht? Ist's nicht so?

Littmann. Das hat uns nicht zu kümmern!

v. Flüssig. So? Hat es nicht? Gar nicht?

Littmann. Ein Anderes geht uns an. Der Herr Baron hat daraufhin schon mit unserer Gegenpartei unterhandelt!

Dr. Börner. Teufel!

Gottwalt. An eine solche Kandidatur wäre allerdings nicht zu denken.

v. Flüssig. Sagt ich es nicht gleich? He?

Pantzer. Ja, wenn es wahr wäre?

Littmann. Er ging in den letzten Tagen regelmäßig zum anderen Parteivorstand.

v. Flüssig. Zu Justizrath Mengis, wie?

Dr. Börner. Aber der Mann ist doch schwer krank?

v. Flüssig. Da kann ich dienen. Der Medizin nach macht er's keine 24 Stunden mehr.

Dr. Börner. Und die Medizin haben Sie gemacht?

v. Flüssig. Herr Doktor!

Gottwalt. Da wir also nichts Sicheres wissen —? (Ein Druckerlehrling tritt auf) Was ist?

Dr. Börner. Kannst Du nicht warten?

Lehrling. Weil eben „Eilig" d'rauf steht! (Einen Brief überreichend.)

Dr. Börner. Mit einer Krone? Ah! der Herr Baron von Ernthal = Molkenthin. Er folgt dem Briefe alsbald. (Gottwalt das Schreiben gebend). Nun werden wir sehen.

Gottwalt. Wirklich? Ja!

Littmann. Dann werden wir uns entfernen.

v. Flüssig. Wir sollen gehen?

Pantzer. Hm! Da taugen wir nicht dazu?

Gottwalt. Ich unternehme nichts ohne Sie! Als Obmänner unserer Partei müssen Sie an der Unterredung theilnehmen.

Dr. Börner. Wollen Sie bei mir eintreten inzwischen? Wenn meine Neuigkeiten auch nicht so interessant sind — ich stehe doch gern damit zu Diensten.

Littmann. Du hast gewiß eine Erwiderung auf den Angriff gegen Dich? (ab.)

v. Flüssig. Meine Stimme kriegt er nicht — meine nicht. Da stehe ich gut! Herr Gottwalt, nicht wahr: Da stehe ich gut! Nicht wahr? (ab).

Gottwalt. Abwarten! — Was meinen Sie Doktor?

Dr. Börner. Der Mann wird mir entweder sehr gut gefallen — oder aber außerordentlich schlecht. (Alle ab.)

Siebenter Auftritt.

Baron von Ernthal. Wasili Iwanow.

Ernthal. Ob Herr Gottwalt zu sprechen ist?

Wasili Iwanow (mit leicht russischem Accent). O, warum nicht, Herr Baron?

Ernthal (lächelnd). Er wird sich überrascht fühlen, wenn er hört, ich besuche ihn.

Iwanow. Und · geehrt. Der Herr Baron kommt zu ihm, dem künftigen Gegner.

Ernthal. Wir werden uns mit ihm gut zu stellen suchen.

Iwanow. Pah! Mit dem Feinde?

Ernthal (bedeutend). Unserem jetzigen Freunde!

Iwanow (sehr überrascht). Da Mengis nicht mehr rechnet — ah!

Ernthal (schnell). Ich bin für Schweigen erkenntlicher als für Reden.

Iwanow. Ein Schachzug! Herr Baron, ich schweige wie — wie Mengis bald schweigt — Haha! — wenn es mein Vortheil ist!

Ernthal. Und doch bin ich fast beklommen.

Iwanow. Oh — macht nichts! Man wird Ihnen ent= gegen kommen. Stirbt Mengis — und der Arzt giebt ihm kaum einen Tag — so verliert seine Partei den Kopf — ich meine bildlich — und das Mandat, besonders da wir hierher „abschwenken“. Und da Niemand weiter von unseren Verhandlungen weiß —

Ernthal (streng). Schweigen Sie!

Iwanow (mit einem bösen Blick). Sehr wohl, Herr Baron!

Ernthal. Iwanow, wie hieß doch der Blondkopf?

Iwanow. Olga! — Und ein reizender Blondkopf. Herr Baron, die erste Person hier im Hause.

Ernthal. So? Sie beherrscht den Vater und wer sie —? Hm! — Es ist übrigens ganz hübsch hier. — Ich hänge meinen Nachen an ein neues Schiff, da das alte untergeht. Ist das nicht klug? Schandvoll klug ... Die bittere Nothwendigkeit heischt es. Da es nothwendig ist, muß es füglich wohl geschehen. — Wie steht es mit Mengis?

Iwanow. Alter Knabe — stirbt!

Ernthal. Mit ihm verstand man sich. Doch hier?

Iwanow. Wird man sich glücklich schätzen! Bei Ihrem Namen, Ihrer Stellung, Ihrem Einfluß —

Ernthal. Pst! Bleiben Sie in der Nähe. — Halten Sie Augen und Ohren offen, falls ich Sie brauchen sollte.

Iwanow. Wie immer, gnädigster Herr Baron. (Ab).

Ernthal. Es ist ein Abenteuer mehr. Ein Abenteuer? Der Ausgang hat schon zu viel Gewicht. Mengis hielte mich. Er stirbt. Also vorbei. Doch hier? — Ob ich durch den Hausgeist, der dort erscheint, wirklich Einfluß suche? Nur Einfluß? ... (mit sinnlichem Lächeln.) Versuchen wir!

Achter Auftritt.

**Baron Ernthal. Olga. Frl. v. Bergersberg.
Rittmstr. a. D. v. Gollnow.**

v. Gollnow. In Monaco. Meine Damen, eh bien, — ich gewann — gewann, Dank der besonderen Feinheiten meiner vorzüglichen Methode, immer! Immer!

Olga. Um Gott — er!

Frl. v. Bergersberg. Haben sie die Bank gesprengt, Herr Rittmeister?

v. Gollnow. Die Bank? Gesprengt? Nein! Zum Teufel, manchmal verlor ich doch — und, denken Sie, stets mehr, als ich vorher gewonnen. — Ah! Wa — was sehe ich? Liebster, verehrtester Freund — Sie wieder hier?

Ernthal. Wie Sie sehen, Herr Rittmeister, in voller Größe! Meine Damen!

v. Gollnow. Seit Ostende bekam man Sie faktisch aus den Augen.

Ernthal. Das wundert mich, da ich Ihnen doch noch Revanche schulde.

v. Gollnow. O! — weiß, Baron! Weiß es! Hatte damals zufällig abscheuliches Pech.

Ernthal. Ich stehe heute Abend zu Diensten, wenn Sie mir die Ehre geben wollen? Ich habe mehrere Herren zu laden — offen gestanden — Sie werden vielleicht erstaunen.

v. Gollnow. Um so besser! Kleines Jeu — wie? Komme! Meine Ada —

Ernthal (interessirt). Das gnädige Fräulein ist hier?

v. Gollnow (lauernd). Sie erinnern sich ihrer?

Ernthal. Ja. Das heißt — flüchtig. (Verwundert.) Und doch so, als sähe ich sie vor mir stehen.

v. Gollnow. Hat sich herausgewachsen — vortrefflich entwickelt. (Leiser.) Uebrigens, Baron, fester Charakter. Muß mir jetzt manchen Zwang auferlegen.

Ernthal. Sie machen mich begierig. Ich habe also heute Abend das Vergnügen? Sie werden größtentheils politische Persönlichkeiten finden.

v. Gollnow. Ah! In der That? Famose Idee das! Aber wie — ah so! Baron wollen wirklich zu — zu — zu Dingsda — Reichstag kandidiren?

Ernthal. Es müßte sich bald entscheiden!

v. Gollnow. Verstehe! Ehrgeiz, junger Freund! Reichs= tag — erster, sicherster Tritt zum Minister: Immer höher und immer höher —

Ernthal. Ich bitte Sie — wir sind ungezogen gegen die Damen!

v. Gollnow. Ma foi — der Eifer des Wiedersehens.

Frl. v. Bergersberg. Er ist sehr gefährlich. Sie kennen ihn also nicht?

Olga. Ich sah ihn schon — aber nur vom Fenster aus; ohne zu wissen, wer es sei.

Frl. v. Bergersberg. Geben Sie Acht, daß er Ihnen nicht auch gefährlich wird, Olga.

Olga. Ach, ich verschwände am liebsten. Mir ist so bange.

v. Gollnow. Meine Damen!

Ernthal. Gnädiges Fräulein — ich bitte vielmals um Vergebung für mein formloses Eindringen!

v. Bergersberg (im eifersüchtigen Mißtrauen). Sie kennen sich also doch?

Olga. Ich? Ach — nein! Ich hatte nie die große Ehre!

Frl. v. Bergersberg (vorstellend). Herr Baron von Ernthal= Molkenthin.

Olga (ceremoniös). Sehr angenehm!

v. Bergersberg. Meine Freundin, Fräulein Gottwalt.

Ernthal. Fräulein Olga, an den Fäden der Politik komme ich hier herein. Ich wäre überglücklich, Ihnen kein ganz unangenehmer Gast zu sein.

v. Bergersberg (für sich). Er kennt den Vornamen?

Olga. Bitte!

v. Gollnow. Mein Gott, wir vergessen aber, Ada wartet ja in der Reitbahn.

Ernthal. Ich bewunderte jüngst Ihre Stute.

Frl. v. Bergersberg. Nicht wahr, ein herrliches Thier, meine Minka? Kommen Sie mit, liebe Olga?

Olga. In die Reitbahn? Papa würde es nicht gern sehen.

v. Bergersberg. Schade! Wir wollten uns eben verab= schieden, Baron. Also nochmals, Adieu, liebes Kind!

v. Gollnow. Wollen Sie mich dem Herrn Papa empfehlen?

Olga. Sehr gern, Herr Rittmeister!

Ernthal (zur Bergersberg). Ich sehe Sie doch heute Abend ebenfalls?

v. Bergersberg. Ja! (Leise.) Ich habe Ihnen etwas mitzutheilen!

Ernthal (ebenso). Ich bin nicht neugierig darauf! Doch: (Laut.) Auf Wiedersehen!

v. Gollnow. Au revoir, Baron!

Ernthal. Und Revanche!

v. Gollnow. Ah — jawohl! Versteht sich! Mit Vergnügen! (Ab mit Fräulein v. Bergersberg.)

Neunter Auftritt.

Baron v. Ernthal. Olga.

Olga (nach kurzer verlegener Pause). Ich will den Vater holen!

Ernthal (schnell). Er ist beschäftigt — er wird gleich kommen. Sie wollen mich also verlassen?

Olga. Ja!

Ernthal. Welchen Ruf genieße ich hier, daß Sie lieber das Gastrecht verletzen, als in meiner Gesellschaft bleiben?

Olga. Wollen Sie nicht Platz nehmen?

Ernthal (ihre Hand ergreifend, die sie ihm abgewendet läßt). Fräulein Olga, Sie scheinen bedrückt, befangen —

Olga. O Gott!

Ernthal. Ich merkte es! Ihre holde Jugend — Sie sind für andere Kreise erschaffen — dieser Augen Glanz, dieser Lippen frische Purpur —

Olga (mit Mädchenstolz). Herr Baron?

Ernthal. Vergeben Sie!.. Ich kann meine Freude kaum schildern, wenn ich Morgens an jenem Fenster ein mir so theuer gewordenes Mädchen erblickte —

Olga (brüsk). Ich wußte ja nicht, wer Sie sind!

Ernthal (sich auf die Lippen beißend). Wie habe ich gewünscht, Sie hätten mit zur Reitbahn dürfen —

Olga. Dürfen!

Ernthal. Wie gern hätte ich Sie auf schnaubendem Pferde vorbeifliegen sehen, die Schönste, Geschickteste, die Kühnste von Allen. Wie herrlich, an einem Sommermorgen mit Ihnen hinauszustürmen in die köstliche Luft — vorbei an Wiesen und Bächen — weit, weit wo die fernen Berge blauen.

Die jubelnde Lerche über uns, den grünen Boden unter uns, und vor uns die weite, schöne Welt!

Olga (mit fliegendem Athem). Die schöne, weite Welt!

Ernthal. Und alle Freuden, alles Glück der Erde unser. Kein Becher, den wir nicht an die trunkenen Lippen setzen. Ha, was wissen Sie von den Freuden, den Herrlichkeiten, die uns das Leben, wenn wir nur vernünftig sind, in köstlicher Fülle bietet. Olga —

Olga. Lassen Sie mich!

Ernthal. Zürnen Sie mir?

Olga. Nein — ich —! O, ich weiß es nicht!

Ernthal. Geben Sie mir die Hand?

Olga. Nein! Nein!

Ernthal. Fürchten Sie mich? Bin ich denn ein Böse= wicht? Nicht? Die Hand darauf! (Indem Olga zögert, erscheint, sie kurze Zeit eifersüchtig beobachtend Dr. Börner.)

Zehnter Auftritt.

Vorige. Dr. Börner.

Dr. Börner. Ha! Ah! — Pardon, wenn ich stören muß. Oder soll ich mich zurückziehen?

Olga. Herr Baron v. Ernthal; er wartet auf den Vater.

Dr. Börner. Den Vater? (Mißtrauisch.) Das ahnte mir!

Ernthal. Den Vorstand der Partei! Sie erhielten meinen Brief?

Dr. Börner (vortretend). Ich bin der Dr. Börner. Ja, wir haben ihn erhalten. (Mit Beziehung.) Und ich muß be= dauern, Sie daraufhin nicht hier erwartet zu haben. Jetzt will ich Ihnen als Herold voranschreiten und Ihr Nahen sogleich verkünden. Haha! Sind Sie stolz auf solchen Herold? (Ab.)

Elfter Auftritt.

Vorige, ohne Dr. Börner.

Ernthal. Mehr Hofnarr als Herold.

Olga. Herr Baron, schelten Sie ihn nicht!

Ernthal. Sie sind mir böse? Und ich darf nicht erregt sein?

Olga (geht nach kurzem Besinnen auf ihn zu und giebt ihm die Hand, die er küßt).

Ernthal. Dank — heißen Dank! Auf Wiedersehen?

Olga. Ich darf nicht.

Ernthal. Dürfen? Kommen Sie heute Abend — machen Sie es möglich! Ich lade Ihren Herrn Papa, ja? O! — Sie haben kein Herz im Busen, kein warmes, heißes Herz!

Olga. Ich komme — wenn ich kann. Adieu. Sie — Freund! (Ab.)

Ernthal. Auf Wiedersehen also! — Eine wie die Andere! Soll ich mir Gedanken machen? — Pah — über Sachen, die kommen, oder kommen könnten, oder kommen werden? Zugegriffen — das ist die Losung! — Sie kommen? Muth!

Zwölfter Auftritt.

Ernthal. Gottwalt. Dr. Börner. Littmann. v. Flüssig. Pantzer.

v. Flüssig (indem er thut als bemerke er den Baron zuerst nicht). Der Artikel, Doktor — der Artikel. Hehehe! Der trifft! Hui! Der! — Ah —

Dr. Börner. Gestatten Sie, meine Herren, Sie bekannt zu machen. Aber kurz — ich habe noch zu thun. Herr Freiherr Kurt von Ernthal=Molkenthin.

v. Flüssig. Ah!

Pantzer. Hm!

Dr. Börner. Herr Buchdruckereibesitzer und Verleger Gottwalt, der Kopf unserer Partei!

Ernthal. Ich freue mich, den längst gewünschten Vorzug zu haben!

Gottwalt. Sehr verbunden! Die Herren Obmänner der Partei!

Dr. Börner (Ernthal immer mißtrauisch beobachtend). Sie sehen da die vortrefflichen, stets geschäftigen und beweglichen Arme der Partei, Herr Pantzer, Herr Littmann, und mein vorzüglicher Freund, Herr Apotheker von Flüssig. Haha! Empfehle mich! Wünsche gute Unterhaltung! (Ab.)

Dreizehnter Auftritt.

Voriger, ohne Dr. Börner.

Ernthal. Sie wissen, was mich herbringt, meine Herren? So lassen Sie uns befreundet sein, umschlungen und gehalten vom Bande der gleichen, großen Partei.

Littmann. Gleiche Ansichten einen! Gleiche Denkungs=
weise müßte das Band sein.

Eruthal. Das eben meinte ich! Reichen Sie mir die
Hand. Und lassen Sie uns zu der Sache übergehen, die uns
zusammenführt. (Hat Littmann die Hand gegeben; zu Pantzer) Ich
hörte Sie letzthin im Vereinsconcert. (zu v. Flüssig:) Nun, auch
Ihre Hand! (v. Flüssig zögert.) Bitte, Sie sind uns Allen vor=
theilhaft bekannt, Herr v. Flüssig. Warum halten Sie sich
denn unseren Kreisen so fern?

v Flüssig. O Herr Baron — schmeichelhaft, zu schmeichel=
haft! Sie sehen mich erfreut — außerordentlich —

Gottwalt. Ich bin glücklich, die Herren sämmtlich an=
wesend zu sehen; ich wäre ohne deren Gegenwart in so wich=
tiger Angelegenheit nicht vorgegangen. Wir haben freilich
noch Wochen bis zur Wahl, aber es ist gut — auch für uns! —
bei Zeiten bereit zu sein. Sie Herr Baron, erboten sich
brieflich, für uns zu kandidiren. Das ist viel Ehre; nehmen
Sie dafür unsern Dank!

Eruthal. Meine Freunde forderten mich auf und ich glaubte
nicht, dem Vaterlande meine Dienste vorenthalten zu sollen.

v. Flüssig. Bravo! Bravo!

Pantzer. Sehr gut!

Gottwalt. Ich darf Ihnen nun allerdings nicht ver=
hehlen, daß bei dem Bekanntwerden Ihrer Kandidatur —

Littmann. Sie wurde merkwürdig schnell bekannt!

Eruthal. Der Eifer meiner Freunde!

Gottwalt. Daß hier sofort Bedenken gegen Sie lebendig
wurden!

Eruthal. Bedenken?! Man sollte meinen, die gute
Absicht —

Gottwalt. Sie mißverstehen! Im Getriebe der Partei=
leidenschaft, in den Wogen des fluthenden Wahlkampfes, Herr
Baron, muß man fest und nach allen Seiten gesichert stehen.
Deshalb ist es unsere Pflicht, das Für und das Wider einer
Kandidatur abzuwägen. Was hier zu reden ist, dürfen Sie
also nicht persönlich auslegen. Wir schätzen ja den Muth,
Herr Baron, der sich und seinen Namen auf Wochen hin
zum Stichblatte aller Angriffe hergibt, aber wir müssen
doch — vor allen Dingen — überzeugt sein, daß wir mit
freudigem Muth in den Kampf gehen könnten!

v. Flüssig. Ich bitte Sie, für einen Mann wie der
Herr Baron!

Pantzer. Sehr richtig!

Eruthal. Ich dachte an Alles das, ehe ich herkam. Daß ich doch gekommen, wird Ihnen Gewißheit über meinen Entschluß geben. Er ist wohl überlegt. Auf Kampf bin ich gefaßt und habe mich wahrlich nicht zu fürchten.

v. Flüssig. Bravo!

Eruthal. Wollen Sie mich also gefälligst mit etwaigen Bedenken gegen meine Person bekannt machen?

(Kurze, verlegene Pause.)

Pantzer. Nun — der Herr Baron — was man so erzählt —

v. Flüssig. Hm! Hm!

Eruthal. Ah! Sie meinen, ich habe meine intimen Handlungen nicht stets sorgfältig mit dem Schleier der Verborgenheit drapirt?

Pantzer. Ja! Ja! Ihr Ruf!

Eruthal. Pah! Ihren Ansichten mag das entsprechen!

Littmann. Unsere Ansichten thun wenig zur Sache. Aber die Wähler müssen für Sie stimmen, damit Sie durchkommen!

Eruthal. Nun ja, ich bin jung, den Freuden des Lebens nicht abgeneigt. Wer will mir das verargen? Hier bin ich, und da ich bin, warum soll ich meinem Dasein nicht einen Zweck setzen, indem ich das in meine Sphäre ziehe, was mir angenehm und erreichbar? Wollen Sie mir das wirklich verdenken?

v. Flüssig. Sehr gut! Sehr gut, Herr Baron! Das ist Philosophie! Das ist Philosophie!

Gottwalt. Ich bin selbst wenig geneigt, diesem Umstande in unserer Zeit besondere Wichtigkeit beizumessen!

v. Flüssig. Man soll den Menschen nicht nach den Gläsern Wein beurtheilen —

Gottwalt. Herr von Flüssig wollen Sie sich äußern?

v. Flüssig. Ich? O! Hm! . . . Ein Mann wie der Herr Baron — so liebenswürdig — nicht wahr? — so beliebt in allen Kreisen — nicht wahr? — aus alter Familie! Es ist, wie Dr. Börner ganz richtig sagte — selbst Dr. Börner, — ein wahres Glück, — nicht wahr? — und ich freue mich so recht von Herzen, im Interesse der gesammten Partei —

Eruthal. Sie beschämen und erfreuen mich. (Ihm die Hand drückend.) Lieber Freund!

Littmann (erstaunt). Ich muß denn doch bedauern, dieser plötzlichen Freude nicht beistimmen zu können. Es ist ein Punkt vorhanden, über den müssen wir offene Auskunft verlangen, bevor wir überhaupt auf etwas eingehen.

Pautzer. Sehr richtig!

Eruthal. Ich bin zu jeder Auskunft bereit.

Littmann. Herr Baron, kurz und gut — Sie haben mit unserer Gegenpartei unterhandelt?

Eruthal. Sie erlauben sich?

Littmann. Einer Sache auf den Grund zu gehen, die als Gerücht umherspukt und uns schädigen würde!

Eruthal. Ein Gerücht nur?

Gottwalt. Jedes Gerücht bringt Schaden, wenn es den Schein der Wahrheit für sich hat!

Eruthal Den Schein der Wahrheit? Wer wagte es, mir, wer meiner Ehre zu nahe zu treten?

Littmann. Ihre Besuche bei Mengis.

Eruthal. Ah! Mengis?

Gottwalt. Diese sind vielfacher Deutung fähig .. Der Justizrath ist die Seele unserer Gegner.

Littmann. Man sagt sich, diese Besuche haben einen Grund — man sucht einen solchen — und man findet ihn.

v. Flüssig. O, der Herr Baron wird sicher diese Besuche erklären können?

Eruthal. Ja — o ja! Justizrath Mengis ist mein Sachverwalter!

Pautzer. Na ja!

Littmann. Das wußte man!

Eruthal. Und doch erlaubt man sich?

Littmann. Weil man den intimen Charakter Ihrer Verbindung kennt, ihn vielleicht übertreibt und daraus mit anscheinendem Rechte nahe liegende Schlüsse zieht. Das Volk wird sich dabei auf sein Gefühl berufen. Die Gerüchte werden vom Gegner aufgenommen; sie werden — vielleicht! — öffentlich verstummen, um insgeheim um so lauter zu reden. Wir wären machtlos und — die Partei trüge den Schaden!

Gottwalt. Sie sind ein Neuling in der Politik, Herr Baron. Deßhalb sind jene Gerüchte möglich, für uns und Sie aber gefährlich. Unsere Verantwortlichkeit zwingt uns demnach zur Vorsicht — die Vorsicht zur Offenheit!

Eruthal. Die Offenheit des Mißtrauens! Soll ich be=

dauern, meinerseits voll Vertrauen hierhergekommen zu sein? (Zweifelnd, höhnisch.) Ich müßte wohl erst eine Bescheinigung durch Mengis bringen — so eine Art testimonium politicum für meine Gutgesinntheit im Interesse Ihrer Partei?

Gottwalt. Das wäre nützlich! Wir, Herr Baron, würden Ihrem Worte glauben. Aber die große tausendsinnige Menge? Und da Mengis denn doch krank ist, also nicht selbst öffentlich zeugen kann? Aber ein Brief ließe sich durch Abdruck leicht verbreiten.

v. Flüssig. Famos, Pantzer — nicht? Famose Idee!

Vierzehnter Auftritt.

Vorige. Dr. Börner.

Dr. Börner. Fertig? Oder braucht man den Dr. Börner noch? Sehen Sie ihn an, so sieht er selten aus — nur, wenn er einem Feind vergeben, weil er todt ist. „De mortuis nil nisi bene!"

v. Flüssig. Einer meiner Kunden?

Dr. Börner Apotheker, tragen Sie den Verlust mit Würde! Ich habe ihm einen weihevollen Nekrolog geschrieben, den er nun im himmlischen Abendblatt lesen mag. Auf Erden war er kein Freund meiner Feder.

Ernthal. Aber Wer? Wer?

Dr. Börner. Justizrath Mengis!

Ernthal. Todt, sagen Sie? Unglaublich!

Littmann. Dann fehlt uns ja sein Zeugniß!

Dr. Börner (aufmerkend). Wie?

Letzter Auftritt.

Vorige. Wasili Iwanow. Ein Druckerlehrling.

Ernthal. Ein bisher so kräftiger Mann?

Dr. Börner. Meine Nachricht stammt von glaubhaftester Seite!

Ernthal. Wasili — Sie waren doch bei Justizrath Mengis?

Iwanow. Ja, Herr Baron. Es geht ihm, Gott sei Dank, etwas besser!

Dr. Börner (für sich). Wie ist das? (Ein Druckerlehrling bringt Dr. Börner einen offenen Brief; erstaunt zweifelnd.) Ah! Ich sandte zu seinem Arzt. Er läßt mir melden, die Nachricht war wirklich verfrüht.

Ernthal. Sie hören es? Die Nachricht mußte falsch sein! Nun, geben Sie mir heute Abend die Ehre. Ich bin bereit, den Justizrath um das gewünschte Zeugniß zu ersuchen!

Zweiter Aufzug.

Vornehmer Salon bei Baron von Ernthal. Links der Saal, in dem von Zeit zu Zeit Ballmusik. Rechts Ausgang zur Garderobe. Diener reichen zeitweise Erfrischungen umher.

Erster Auftritt.

Ada von Gollnow. Ernthal.

Ada. Und Sie sind doch zerstreut, Baron!

Ernthal. Nein! Ada —

Ada. Welche Schöne erwarten Sie noch?

Ernthal. Oder Ihre Gegenwart macht es.

Ada. Wegen meiner Gegenwart die häufigen Blicke nach jener Thür? Schmeichelhaft!

Ernthal. Pardon! Ich bin allerdings unruhig, ganz merkwürdig erregt. Es handelt sich um — um ein wichtiges Unternehmen, bei dem mein Ehrgeiz engagirt. Mein Sekretär — ich warte voll Ungeduld.

Ada. So lassen Sie mich zur Gesellschaft zurückkehren.

Ernthal. Entfliehen Sie mir noch nicht. Erst muß ich Ihnen sagen, wie es mich freut, Sie, Ada, wiederzusehen —

Ada. Baron, einsam in Ihrer Nähe, das würde für sehr gefährlich gelten. Es ist hier so still, so verschwiegen und schwül. Horchen Sie nur, selbst die Musik lockt so eigenthümlich leise. Man könnte sich versucht fühlen, sehnsuchtsvoll zu träumen!

Eruthal. Mich lockt heute etwas Anderes! Ada, wir beide sind doch klug; wir sehen doch klar in dieses wogende Leben? Sollen wir uns auch mit herkömmlichen Phrasen belügen? Nun ich Sie wieder sehe, nun ich Sie vorhin sprechen hörte, in Ihnen mich selber zu vernehmen glaube —

Ada. Ich bin so kühn, einen solchen Feind denn doch lieber zu fliehen. Au revoir!

Eruthal. So folge ich!

Ada. Aber nicht sogleich.

Eruthal (zu sich). Kalt und glatt. Und ich fast unheimlich entflammt? Und ich soll ruhig sein?

Zweiter Auftritt.

Vorige. v. Gollnow. Olga. Börner. Nortau. Littmann. v. Flüssig. v. Bergersberg. Herren und Damen der Gesellschaft.

v. Gollnow. Ah, Du hier, Ada? Baron, ein superber Abend. Es umweht Einem wie — wie Fliederblüthe und Maienduft.

Eruthal. Sehr angenehm für den Wirth. Musik und Wein, Tanz und ausgelassene Geselligkeit. Ja! Man sagt, ich wisse das zu schätzen!

v. Gollnow. Und das Spiel. Wie wäre es damit, Baron, he?

Eruthal. Später, lieber Rittmeister.

v. Gollnow (ärgerlich). Später?

Eruthal. Fräulein Olga, kann ich hoffen, daß es auch Ihnen nicht allzuschlecht gefällt?

Olga. Ganz köstlich. Ach, ich tanze ja so gerne!

Eruthal. Die schöne Rose, die Sie da haben. Schenken Sie mir wohl die?

v. Bergersberg. Liebe Olga, hüten Sie sich!

Olga.. Es ist ja nur eine Blume. — Da!

Eruthal. Ich danke Ihnen!

v. Bergersberg (selbstvergessen). Wie er sie ansieht?

v. Gollnow (heimlich, zu Ada). Hast Du bemerkt?

Ada (ebenso). Ja!

v. Gollnow. Lasse Dir Niemand zuvorkommen.

Ada. Es ist unmöglich, Papa!

v. Gollnow. Du mußt!

Dr. Börner. Die Rose da stammte aus meinen Händen. Zu dem Zweck gab ich sie nicht.

Ernthal. Der Mittelsmann macht sie mir indessen werth.

Dr. Börner. Wollte ich Sie mit Blumen beglücken, wüßte ich Ihre Adresse direkt zu erreichen!

Ernthal (zu Olga). Die Rose soll mir theuer sein.

Olga. Wirklich?

Littmann (heimlich zu Börner). Mäßige Dich. Du wirst auffallend.

Dr. Börner. Ha! Was thuts?

Frl. v. Bergersberg (heimlich zu v. Ernthal). Gönnen Sie endlich mir einen Augenblick

Ernthal. Ich bin wenig neugierig, gnädiges Fräulein.

v. Bergersberg. Sie wissen also schon, daß ich wieder von Martha komme? Der Knabe — Ihr Knabe, Baron —

Ernthal. Pah!

v. Bergersberg. Ist krank, der verlassenen — von Ihnen, Baron, verlassenen! — Mutter fehlt das Nöthigste.

Ernthal. Mein Sekretär ist angewiesen.

Frl. v. Bergersberg. Und wenn sie zu stolz ist, sich an den zu wenden?

Ernthal. Bleibt ihr das Krankenhaus. Helfen kann ich dann nicht! (wendet sich ab).

v. Bergersberg. O Meineidschwörer! — Mein armes Herz! es weint wider Willen.

Ada (zur Bergersberg). Bemerkten Sie vorhin die kleine Szene bürgerlicher Eifersucht?

v. Bergersberg. Börner hatte Recht, da doch er die Blume gespendet.

Ada. Der Baron lacht ihn aus.

v. Bergersberg (spitz). Wir lachen schließlich Alle. Aber ich finde, unser Lachen gerade klingt wenig natürlich (ab).

v. Gollnow. Jetzt aber zum Spiel.

Ernthal. Nein — zum Tanz! Hören Sie doch nur die Musik.

Olga. Zum Tanz! (Sie ist beglückt, indem sie erwartet, Ernthal werde sie engagiren. Als dieser Ada auffordert, ist sie enttäuscht.) Ach! mit der?

(Alle Damen werden engagirt außer Olga. Dann Alle ab bis auf Börner, Nortau und Olga.)

Dritter Auftritt.

Börner. Nortau. Olga.

Nortau. Du, ich verstand von der Szene vorhin nichts.

Börner (ausbrechend). Hans! — — (sich fassend) es thut mir wohl, Dich in der Nähe zu wissen. Bleibe recht lange bei uns, hörst Du? Nicht wahr, Madonna? Er soll!

Olga (zerstreut). Ach ja — Vater wünscht es!

Börner. Vater!

Nortau. Doktor, ich verstehe nicht —?

Börner. Rieche, Hans. Riechst Du denn nichts.

Nortau. Ich? Nein!

Börner. Nein?

Nortau. Bei Gott — gar nichts!

Börner. Hier hat Alles Odeur — Hautgout. Es liegt etwas Nervenerregendes in dieser Luft. Paprika ist, was man schmeckt, Schminke, was man sieht.

Nortau. Aber geh' doch!

Börner. Dieser Baron narrt uns! Er umschmeichelt Alle! Er fängt Littmann, wie er Flüssig und Pantzer schon gewonnen. Die? Haha! Sahst Du die? Sie hüpfen umher als Flügeladjutanten der neuen Größe und posaunen deren falschen Ruhm mit eifrigen Backen. Je mehr er zu essen und zu trinken gibt, je mehr belügen sie sich und Andere. Er aber ist der selbstsüchtige Gleißner —

Olga. Das ist nicht wahr!

Dr. Börner. Madonna — — Verzeihung! Ich vergaß — — Ihr Hiersein! Sahen Sie nicht, mit welchen Blicken ihn die Bergersberg verfolgt, he? Und Ada?

Olga (erregt). Kann er dafür?

Dr. Börner. Sie werden Rechte haben!

Olga. Sie verleumden!

Dr. Börner. Dieser Frühlingszauber des Reichthums: er ward Manchem schon gefährlich. Madonna, hier trinkt man gierig über den Durst — zu viel vom glänzenden, schäumenden Leben, bis er kommt der unausbleibliche, graue, nüchterne Morgen, wo die Becher leer und schal — Herzen und Köpfe aber —? Ah, wären wir doch weggeblieben!

Nortau. Olga freute sich aber so. Und die Einladung war eine Ehre.

Olga. Ich sollte nirgends sein, wo es fröhlich ist. Kommst Du mit in den Saal, Hans? (Olga wendet sich ab.)

Dr Börner (schnell und heimlich zu Nortau). Hast Du das Geschenk bei Dir?

Nortau (ebenso). Den Ring? Natürlich!

Dr. Börner. Gib ihr denselben!

Nortau. Jetzt?

Dr. Börner. Ja! Ich bleibe in der Nähe!

Nortau (laut, Olga nachrufend). Olga! (Diese blickt zögernd um.) Ich bitte Dich, schenke auch mir einmal einen ruhigen Augenblick!

Olga (lebhaft). Hans, komm! wir tanzen!

Nortau. Du weißt doch, ich tanze nicht.

Olga (gleichgiltig). Schade!

Nortau. Aber hier, setze Dich neben mich. Zu Hause bist Du mir so schnell ausgerückt. (Sie innig umfassend.) Mein Mädchen!

Olga. O! Du drückst mich!

Nortau. In Venedig sah ich einen hübschen Ring — er gefiel mir — und ich dachte gleich — ich kaufte ihn. — Da!

Olga. O! Ist der aber einmal prächtig und schön!

Nortau. Weißt Du, für wen ich ihn gekauft, Olga?

Olga (erschrocken). Für mich doch nicht?

Nortau. Ich will ihn Dir an den Finger stecken.

Olga. Nein! Nein! Du willst —? Ja Himmel! Was beabsichtigt Ihr?

Nortau. Olga, Du weißt doch —? Ich hoffte, freuen würdest Du Dich. Nun thust Du, als wäre es eine Beleidigung? Was soll da Vater sagen?

Olga. Vater? Er will es freilich. Da — so stecke ihn an.

Nortau. Nun kann ich es ihm sagen, daß Du den Ring genommen? (Olga sieht ihn flehend an.) Olga, wenn ich Dir nur auch deutlich machen könnte, wie es mir in diesem Augenblick um's Herz ist — so feierlich — so weh und — so überglücklich!

Olga. Solch' kostbarer Ring!

Nortau. Weißt Du, was hier drinnen so sticht und redet? Fühlst Du das nicht auch? — Fühlst Du es nicht? Olga, ich glaube, Du willst mich nicht verstehen?

Olga. Warum? Wir Mädchen sind nicht so klug wie Ihr —

Dr. Börner. O, Madonna, tausendmal klüger seid Ihr! Und ich will wetten —

Olga (ihn unterbrechend). Sehen Sie nur, den prächtigen Ring!

Dr. Börner. Es wird Herrn Gottwalt freuen, daß Sie den Ring von Hans genommen. Denn derselbe soll ein Symbol sein. Madonna (Olga wendet sich bedrückt ab), Sie verstehen? (Nortau will verstimmt gehen.)

Dr. Börner (heimlich zu Nortau). Gehe noch nicht!

Nortau. In diesem Moment, der hoffentlich unsere Zukunft glücklich entschieden, möchte ich dem Baron nicht begegnen. (Ab.)

Dr. Börner (für sich). Und ich müßte die vor dem (nach dem Baron deutend) gerade jetzt im Ernste warnen. (Laut.) Madonna, darf ich Ihnen, nicht meine Hand, aber meinen Arm anbieten?

Olga (ihn abweisend). Hans wartet ja auf Sie!

Dr. Börner (zögernd; für sich). Widerspenstig — zum ersten Mal? Das giebt zu denken — und — aufzupassen! (Widerwillig ab.)

Olga. Jetzt hasse ich ihn. Der Ring — (reißt ihn vom Finger, ihn betrachtend) du schlanker Reif (ihn einsteckend) du sollst mich wenig drücken!

Vierter Auftritt.

Olga. Ernthal.

Ernthal. Hier findet man Sie endlich?

Olga. Endlich? Sie reden doch — und Sie tanzen auch mit anderen Damen lieber, als mit mir!

Ernthal. That ich es nicht, um mit Ihnen nun allein zu sein?

Olga (seelig). Mit mir?

Ernthal. Bedauern Sie lieber den Wirth. Da soll er sein — dort ruft man. Nur hier, wo ihn das Herz so mächtig hinzieht, läßt man ihn kaum weilen.

Olga. So muß ich der Gesellschaft dankbar sein für die Minuten, die Sie mir schenken dürfen.

Ernthal. Ich habe zu danken — und Ihnen! Olga, Sie wissen nicht, wie ich Verlangen trüge nach den frischen, kirschrothen Lippen hier?

Olga. Das verbiete ich sehr streng!

Ernthal. O Schelm! — Aber, errathen Sie, wen ich bedauernd vermisse?

Olga. Papa? Er wollte nicht mit!

Eruthal. Er wollte nicht?

Olga. Nein! Auch ich sollte ja zu Hause bleiben. Aber so leicht ließ ich mich nicht halten. Doch für die Erlaubniß mußte ich etwas versprechen . . . was ich kaum halten werde.

Eruthal (betroffen). Sonderbar. Er schlug die Einladung aus? Was denn?

Olga (wichtig). Hans Nortau zu heirathen!

Eruthal. Zu heirathen? Er wollte nicht zu mir? Läßt sich versprechen —

Olga. Was sagte ich nur?

Fünfter Auftritt.

Vorige. Iwanow. Sodann v. Gollnow. Ada. Herren und Damen der Gesellschaft.

Eruthal (für sich). Das erschreckt mich fast. (laut.) Ah, Iwanow —

Iwanow (schnell und heimlich). Gnädigster Herr Baron, wenn wir allein sind.

Eruthal. Ich verstehe. Sie muß fort. Doch wie?

v. Gollnow (auftretend). Dieser Dr. Börner! Sagte er es nicht? Hier sind sie — und: im tête à tête.

Eruthal. Wir trafen eben erst zusammen, Herr Rittmeister!

v. Gollnow. Ja, — jawohl! Dr. Börner sagte: wir würden stören. Boshafte Kreatur. Uebrigens, reizende Kleine — he?

Ada. Papa bringt Sie in Verlegenheit, was?

Olga. Ich bin — ich habe nicht Ursache, verlegen zu sein!

Ada. Und doch so heftig?

v. Gollnow (heimlich zu Ada). Hast Du wieder bemerkt?

Ada (ebenso). Ja, Papa.

v. Gollnow. Sei auf Deiner Hut!

Ada (ablehnend). Papa!

v. Gollnow. Baron, wir kommen mit der wiederholten Frage: wie ist es mit der versprochenen Revanche?

Eruthal (für sich). So geht es! (laut) Arrangiren Sie. Wir sind bereit.

v. Gollnow. Bravo, Baron! Bravo! Nun — meine Verehrten — auf denn: zum Spiel! zum Spiel!

Ernthal. Aber Alle zusammen!

v. Gollnow. Alle? Köstlich!

Ernthal. Fräulein Olga, zu Ihrem Glücke hätte ich das größte Vertrauen. Werden Sie für mich ein paar Kronen riskiren?

Olga. Spielen? Ich — spielen? Wenn Sie mich anleiten wollen?

v. Gollnow (in nervösem Spieleifer). Sie werden es lernen. O zum Spiel! Wir werden diesen reizenden Händchen das Gold entreißen. Ein Spiel erfrischt.

Olga. Aber nein — Soll ich wirklich?

Ernthal. Thun Sie es nur! Ich folge — nur noch ein Wort mit meinem Sekretär.

Olga. Allein soll ich spielen?

Ernthal. Für mich!

Olga. Ich will es.

v. Gollnow (wie oben). Nur vorwärts — kleines Jeu ist wie eine Douche am heißen Sommertag — erfrischend! Kommen Sie. Wir werden das Gold diesen kleinen Händen schon entreißen. Ich eile voraus!

(Alle ab bis auf Ernthal und Iwanow).

Sechster Auftritt.

Ernthal. Iwanow.

Ernthal. Sie kommen so spät?

Iwanow. Die gnädigste Gräfin Tante hielt mich auf.

Ernthal. Sie zog sich schon zurück?

Iwanow. Migräne —! (Ernthal sieht ihn ungläubig an). Ich wage kaum, gnädigster Herr Baron, es zu wiederholen.

Ernthal. Nur schnell!

Iwanow. Die Frau Gräfin will nicht länger da glänzend repräsentiren, wo vielleicht in einem Monat der Bankrott ausbricht.

Ernthal. Sie lügt!

Iwanow. Sie übertreibt! Die Wechsel — —!

Ernthal (nach kurzer Pause). Verbreiten Sie unter den Gästen, meine Tante habe sich wegen starker Migräne zurückgezogen, lasse für Ihr frühes Verschwinden vielmals um Entschuldigung bitten, u. s. w. (Zögernd). Sie waren außerdem bei Justizrath Mengis?

Iwanow. Ja!

Ernthal. Und sprachen ihn (bekommen) wegen der Unterschrift?

Iwanow. Nein!

Ernthal. Nicht?

Iwanow. Er ward ein stummer Mann!

Ernthal. Todt? . . .

Iwanow. Er lag wie ohne Besinnung. Trotzdem bat ich, mich mit ihm allein zu lassen. Und ich war allein mit ihm — ganz allein.

Ernthal (lauernd). Ich verstehe nicht?

Iwanow (vorsichtig). Als ich ging, war er eingeschlafen — für immer! Wäre er vorher noch zum Bewußtsein er= wacht —? Herr Baron, hätte er mir seine Unterschrift nicht selbst gegeben? Und da er es nicht selbst konnte —? (Eifrig) Nun, Herr Baron, und da er nicht erwachte —? Und das kein Mensch weiß —? Und da ich doch einmal schrieb —? In dieser Tasche steckt es — unterschrieben!

Ernthal. Gehen Sie!

Iwanow (zögernd, mit einem bösen Blick). Wenn Sie be= fehlen?

Ernthal. Was kann ich — was will — was werde ich thun —? Gottwald zaudert? Börner ist mein Wider= sacher. Und das allein entscheidende Schriftstück fehlt? — — Ohne das Mandat aber —? (Zu Iwanow.) Lassen Sie für Champagner sorgen — viel Champagner.

Iwanow. Sehr wohl! (lauernd). Und das Dokument?

Ernthal (sich stolz aufrichtend). . . . Ich muß es ohne= dem versuchen! (ab.)

Iwanow. Er schwankt? nur versucht (mit der Gebärde des Geldzählens.) Das — bringt Dich in's Netz. (Ab durch eine andere Thür.)

Siebenter Auftritt.

Ernthal mit v. Flüssig zurückkehrend.

Ernthal. So. Es ist Niemand mehr hier.

v. Flüssig. Ich merkte Ihren Wink beim Spiel. Herr Baron, beim Spiel. Ah, der Herr Rittmeister verliert, ver= liert. Und Olga gewinnt. Und Panzer. Hihihi!

Ernthal. Herr Apotheker, ich weiß, Sie sind ein Ehren= mann — ein Mann, dem sehr zu vertrauen wäre?

— 33 —

v. Flüssig. O Herr Baron, Sie schmeicheln!

Eruthal. Erzählen Sie, wie man über meine Kandidatur dort denkt.

v. Flüssig. Hihihi! Herr Baron, sie wird ja durchgerissen — durchgerissen — ja wohl!

Eruthal. Aber ich höre mancherlei — von Hindernissen —

v. Flüssig. Hindernisse? Ja! Hindernisse! Aber wir, wir haben schon gearbeitet — ah — ich habe gearbeitet. Herr Baron, es weiß die ganze Stadt von dem Dokument.

Eruthal. Mensch! . . . . Wenn ich solch' Schriftstück nicht brächte?

v. Flüssig. Nicht brächte —? Herr Baron spaßen, hihihi! Wo die ganze Stadt davon weiß —? Die ganze Stadt? Dafür wurde das Dokument zu wichtig — viel zu wichtig! Und — der Skandal —

Eruthal. Ihre Freunde würden ohne den Brief von Mengis?

v. Flüssig (zuckt die Achseln). Herr Baron haben Feinde. Eine Partei muß vorsichtig sein. Man spricht viel — und schreibt noch mehr.

Eruthal. Feinde? Gottwalt!

v. Flüssig. Oh! Er wollte nicht mit! Der will abwarten, der — der giebt viel auf seine „Ehre!"

Eruthal. Gibt er? (Für sich.) Er drängt mich dazu! (Laut.) Und er ist mein Feind.

v. Flüssig. Ihr Feind? Bei unseren Leuten gilt sein Wort. Ah! hat der Anhang! Aber er will zuvor das Schriftstück sehen, hihihi! Nichts ohne das Schriftstück, Herr Baron!

Eruthal (abseits). Das Dokument also?

Achter Auftritt.

Vorige. Pantzer, dann **Dr. Börner** und **Littmann. Iwanow.**

v. Flüssig. Ah, Pantzer! Du, wie steht's?

Pantzer. Börner schickt mich her. Aber, Du, wir spielen doch nachher weiter?

v. Flüssig. Ja wohl! Wir werden hier schnell fertig sein.

Eruthal. So steht es für mich? Und die Schiffe sind alle hinter mir verbrannt?

v. Flüssig. Ja, schnell fertig — 's ist Alles in Ordnung. Paß' nur auf, in bester Ordnung!

3

Ernthal. Alle? Es gibt kein „Rückwärts" — keines mehr?

Dr. Börner. Nun, die Augen offen. Freund?

Littmann. Verlasse Dich auf mich!

Börner (zweifelnd). Kann ich es?

Ernthal. Kein sonstiger Ausweg?

Dr. Börner (zu sich). Hier sitzt ein ganz fatales Gefühl. Sie schwanken schon Alle.

Littmann. Herr Baron, unsere Angelegenheit ist noch unerledigt!

Ernthal. Nur einige Geduld!

Dr. Börner (abseits). Ha! Wie er die Finger krampf=haft spreizt — Ah! und um den Mund das todesbleiche Beben? Welche Schrift in seinen Mienen?

Littmann. . . . Die Zeit rückt vor. Uns ermüdet das ungewohnte Schwärmen.

Ernthal. So muß ich für die Verzögerung denn um Nachsicht bitten. Ich hoffe, alle Ihre Bedenklichkeit ist ge=schwunden?

v. Flüssig. Freilich, Herr Baron. Ja wohl!

Dr. Börner (abseits). Oh, Du! ja und immer ja!

Ernthal. Sie sagen mir auch Ihre Unterstützung zu?

Littmann. Wie, Herr Baron? Sollen wir uns entscheiden ohne das Schriftstück, von dem schon alle Welt spricht? Ohne dieses Dokument, welches denn doch von allergrößter Bedeutung für uns wäre?

Ernthal. Sie machen Ihren Entschluß von demselben abhängig?

Littmann. Wir Alle!

Ernthal. Für oder wider mich?

Littmann. Für Sie — oder aber gegen Sie!

Ernthal (entschlossen). Nun denn — sei es! Iwanow, Sie führten bei Justizrath Mengis meinen Auftrag aus?

Iwanow (ausweichend, mit ängstlichem Blick auf Börner). So weit Sie wissen, Herr Baron!

Dr. Börner. Ha!

Ernthal. Er unterschrieb bereitwillig, Iwanow?

Iwanow. Ganz so, wie Sie es wissen, Herr Baron.

Dr. Börner (für sich). Welche Fragen?

Ernthal. Geben Sie Herrn Littmann das Dokument.

Iwanow (in plötzlicher Angst). Ich soll — ?

Ernthal (im höchsten Zorn). Das Schriftstück!

v. Flüssig. Ah! Bravo! Nun ist's gut!

Pautzer. Ja, Bravo!

Dr. Börner. Doch?

Littmann (liest). „Dem Tode nahe — daß er nie um ein Mandat meiner Partei — Divergenz der politischen Anschauungen — Mengis, Justizrath". Hm! klar und deutlich!

Dr. Börner. Darf man auch einen Blick der profanen Augen da hineinwerfen?

Eruthal. Ich bitte darum. Mein Sekretär entwarf das Schriftstück — der Justizrath unterzeichnete mit zitternder Hand.

Dr. Börner. Die Unterschrift ist deutlich — merkwürdig deutlich!

(Befangene, ganz kurze Pause).

Dr. Börner (fortfahrend). Wären meine Schriftzüge fest, wie die dieses „zitternden" Sterbenden! (Faltet das Dokument zusammen und behält es.)

Iwanow (eilig einfallend). Der Justizrath hatte doch immer eine klare Schrift.

Eruthal. Meine Herren, Ihren Entschluß?

Littmann. Nach solchem Beweise? (Dr. Börner fragend anblickend, der abwehrt. Littmann zuckt die Achsel, dann.) Herr Baron, ein Mann von Ihrem Einfluß, Ihren Gaben — ich wüßte nicht, warum wir Ihnen unsere Unterstützung noch vorenthalten sollten!

Eruthal. Eine Zusage? Ihre Hand darauf?

Littmann. Hier!

Pautzer. Bravo!

Eruthal. Meinen Dank! Herr Doktor, Ihre Ansicht?

Dr. Börner (aufschreckend). Meine? Ich bin nur ein verschrumpftes Häuflein Mensch — was soll ich thun? Käme es darauf an, vielleicht legte ich mich gleichfalls als ein winziges Körnchen zu dem Haufen, der jetzt schon der größte scheint. Ob das eine Bereicherung sei? Haha! Im Meere der Partei bin ich nur eine Messerspitze Salz — nichts weiter!

v. Flüssig. Er stimmt zu. Hehe! Er stimmt zu!

Dr. Börner (auffahrend). Oh!

Eruthal (schnell). So danke ich auch Ihnen! — Nun ist die Hauptsache abgemacht.

Börner. Abgemacht? Unsere Entscheidung wäre doch wohl keine Entscheidung!

Eruthal. Ich verstehe nicht?

Dr. Börner. Bin ich unklar? O, Pardon! Gottwalt heißt der Kopf der Partei. Er muß entscheiden — nicht wir!

Eruthal. Und er blieb fort?

3*

Littmann. Er wird sich uns anschließen!

Ernthal. Nein! — — Das heißt zuversichtlich.

Dr. Börner (fortfahrend). Herr Gottwalt beauftragte mich, dieses wichtige Aktenstück zu requiriren — als die Basis unserer Operationen und Entschlüsse. Ich nahm es darum und behalte es auch.

Ernthal. Ohne meine Erlaubniß?

Dr. Börner. Derselben bin ich sicher!

Ernthal. O nicht doch!

Dr. Börner. Die würden Sie versagen?

Ernthal. Ja! — Denn solche unerwartete Umstände geben der Schrift eine ganz zufällige, aber übergroße Bedeutung.

Iwanow. Ich könnte ja eine Abschrift besorgen und überbringen — wie?

Dr. Börner. Gottwalt ist unser aller Haupt. Soll das Haupt mit eigenen Augen nicht sehen dürfen?

Ernthal. Diese Unterstellung ist beleidigend!

Dr. Börner. Mißtrauen gegen Mißtrauen! Wir müssen Gelegenheit verlangen, dieses Dokument zu prüfen, Herr Baron!

Littmann. Diese Schroffheit? Doktor?

v. Flüssig. War nicht Alles in Ordnung, he?

Littmann. So kommen wir zu keinem Ziel!

Ernthal (der inzwischen einen schnellen Blick mit Iwanow gewechselt). So werde ich nachgeben wir wurden beide zu hitzig. Herr Iwanow, Sie legen Morgen — um allen Formen zu genügen — Herrn Gottwalt das Dokument vor, hinterlassen eine Abschrift, bringen aber auf jeden Fall das Original zurück. Denn „Mißtrauen gegen Mißtrauen!"

Iwanow. Sehr wohl, Herr Baron.

Ernthal. Sind Sie damit zufrieden, Herr Dr. Börner?

Dr. Börner (knirschend). Meine Mission geht nicht weiter.

v. Flüssig. Nun komm', Pantzer, jetzt spielen wir wieder.

Pantzer. Ja! Du, ob wir noch mehr gewinnen?

Dr. Börner. Littmann, wir wollen Nortau aufsuchen.

Ernthal. Ich sehe Sie doch noch, meine Herren?

(Alle ab bis auf Ernthal und Iwanow).

Neunter Auftritt.

Ernthal. Iwanow.

Ernthal. Diese Ungewißheit peinigt. Ist sie es allein, was mir das Herz füllt? Börner mißtraut — o welch ein

Leichtsinn war es. Aber Gottwalt entscheidet. Doch gerade er schlug die Einladung aus? Ihn gälte es zu gewinnen — womit?

Iwanow. Ein blonder Mädchenkopf sieht dort häufig nach Ihnen aus. Dadurch läßt sich vielleicht Einfluß auf — den Vater gewinnen. Und da dieser Vater Gottwalt heißt —?

Ernthal. Oh! (erschreckt, seine eigenen Gedanken aus fremdem Munde zu hören; kurze Pause, dann) Sie werden die Abschrift pünktlich besorgen?

Iwanow. Ich fürchte mich —

Ernthal. Ha!

Iwanow. Vor Dr. Börner!

Ernthal. Warum begannen Sie? Führen Sie es nun zum Ende.

Iwanow. Ich fürchte —

Ernthal! O Memme!

Iwanow. Den Dr. Börner fürchte ich. Mir brennt der Boden unter den Füßen. Nur fehlt mir Reisegeld und eine Summe, um in Rußland — o! ist Rußland schönes Land — um in Rußland etwas Einträgliches zu beginnen. Baron (mit Gebärde des Geldzählens), verstehen?

Ernthal Wenn das hier in Ordnung ist.

Iwanow. Ich traue dem Börner nicht — war vorhin gefährliches Spiel. Mir preßt es die Brust zu — das ist Angst. Baron (wie oben), wie viel denn?

Ernthal. Ich werde erkenntlich sein. Wenn Sie Morgen zurückkehren.

Iwanow. Morgen? Gut denn — nur nicht lange warten. (Ab.)

Ernthal. „Fest bleiben" heißt es. Im Rollen ist die Kugel . . . doch sie rollt, wohin die kluge Hand sie lenkt.

Zehnter Auftritt.

Ernthal. v. Gollnow. Olga u. K. Ada (durch eine andere Thür).

v. Gollnow. Ich bin geplündert — ausgeplündert! Solche Tölpel!

Ada. Mäßige Dich doch!

v. Gollnow. Wa — was?

Ernthal (sich gewaltsam fassend). Wie ging es Ihnen, Herr Rittmeister?

v. Gollnow. Pech! Pfui! Pech! Keiner verstand zu spielen. Die eminente Feinheit meiner so sicheren Methode — Luft! Wind! Da kommt der goldbeladene —

Ada. Papa!

v. Gollnow. Glücksfisch!

Ernthal. Sie sind wirklich die Glückliche? Sehen Sie — mir ahnte es!

Olga. Ach ich konnte es gar nicht mehr zählen! Herr Baron, Gold und Papier. Sehen Sie nur, das Alles!

Ernthal. Auch wieder Ehrenscheine?

v. Gollnow. Der Satan!

Ada (stöhnend). O!

Ernthal. Wie werde ich mich da erkenntlich zeigen?

Olga. Ach! Es machte mir Vergnügen. Es ist ja so hübsch, immer zu gewinnen!

v. Gollnow. Die Bürger=Puppe!

Ernthal. Herr Rittmeister, ich bin Ihnen wiederum Revanche schuldig!

v. Gollnow. Jawohl! Aber nur in Person!

Ernthal (ihn zur Seite nehmend). Sie schenken mir Morgen (auf die Ehrenscheine deutend) dieserhalb die Ehre einer Unterredung?

v. Gollnow (ärgerlich). Ich komme — vor dem Diner!

Ernthal (zu Olga). Welches Glück Sie haben. Sie spielten für mich — unser Stern leuchtet also in Gemeinschaft! Freut Sie das?

Olga (sinnend). Glück? Glück im Spiel soll Unglück sein. Ach, hätte ich nicht gespielt!

Ernthal. Aber, liebe Olga, welch' ungewohnter Ton? (Olga wendet sich bedrückt ab; Ernthal betrachtet sie ärgerlich.)

Ada (zu v. Gollnow). Brechen wir auf! Wo bringt uns Deine unselige Leidenschaft noch hin?

v. Gollnow. Sei nur Du ein kluges Mädchen, so gewinnen wir. (Laut.) Baron, Sie gestatten, daß wir uns verabschieden. Ada will nach Hause.

Ernthal (mit Absicht, wegen Olga). Gnädiges Fräulein, ich darf Ihnen doch zum Abschied diese Rose verehren?

Olga. Meine Rose?

Ada. Sie sind sehr freigebig, Baron. Wie prächtig solch' Blümlein doch duftet. Und wie süß. Finden Sie nicht? Und kaum erst aufgeblüht!

Olga. Meine Rose schenkt er ihr?

Ada. Ich nehme die Rose mit Dank an. Nun aber: Auf Wiedersehen, lieber Baron!

Olga. Lieber Baron?

Ernthal. Gnädiges Fräulein, recht, recht baldiges Wieder=sehen!

Olga. Ah! (Ernthal begleitet Ada. Olga bleibt verwirrt allein zurück.)

Elfter Auftritt.
Olga.

Er begleitet sie noch? Und mir sagt er —? O sie ist schön! Nein! Hier innen ist sie doch häßlich. Aber er — ihr meine Rose? Ach! . . . (Nimmt von einem servirenden Diener ein Glas Champagner.) Geben Sie. Wie das saust und überschäumt? Das trinke ich ihm (einhaltend). Nein; ihm nicht mehr. Nicht mehr? . . . Ich trinke es ihm doch. Du — Dir! (Trinkt.) Wären seine Lippen dieser Kelchrand! — Abscheuliche Olga! . . . Wie das im Glase perlt, so perlt es hier im Herzen, unruhig, — immer wieder — wieder — Gedanken und Gefühle. Und wie das kalt ist, eiskalt, sind die Gedanken und Gefühle heiß, glühend heiß. Ja, ich will heiß fühlen, will mit ganzer Seele fühlen . . . (Trinkt.) Wie süß. Die Jugend ist so heiß, so heiß! Ach — schlafen. (Sich setzend.) Von wem mir träumen würde? Er sagt, er liebt mich — Hu! eine Fliege. Willst Du! Es saust ordentlich um mich. Fort! . . . Träumen . . . und lauter Englein umfliegen meinen Schlaf. Du, komme, erzähle. Du sagst? Er liebt mich, wirklich? Und Du? Dasselbe. Hans, er nicht . . .

Zwölfter Auftritt.
Olga. Ernthal.

Ernthal. Adas Händedruck war wärmer, als ich hoffte. Sie entflammt mich in wilder, nie gekannter Leidenschaft. (Olga erblickend.) Ah! — Nicht mehr . . . Der Abend hat viel Glühendes in mir erweckt.

Olga. Du sagst, er liebt mich?

Ernthal. Sie ist reizend! Mein Herz wird wild. Gott=walt! — der Gedanke macht mich verliebt in sie!

Olga. Herr Baron?

Ernthal. O holdester Schatz!

Olga. Ich . . ach, ich bin so thöricht. Was Du vorhin gesagt, ehe wir spielten?

Ernthal. Bei dem Klang des trauten Du, das sich Dir unbewußt vom Herzen zur Lippe stahl: ja! ich liebe Dich — brennend heiß liebe ich Dich! (küßt sie auf den Arm.)

Olga. So sieh' mir in's Auge, ob es wahr ist? Sie können es nicht? Jetzt! der Blick? Ich fürchte ihn. Sehen Sie doch fort.

Ernthal. Mein holdestes Mädchen, o vertrauen Sie mir bis sich klärt, was jetzt noch dunkel scheint?

Olga. Vertrauen? Ich weiß doch nicht . . . Warum gaben Sie denn der Ada die Rose?

Ernthal (schwankt, dann). Um Dich, Du süßer Schelm, eifersüchtig zu machen und durch Eifersucht geständig.

Olga. Ja? Ich traue Ihnen — von ganzem ganzem Herzen! O, lieber Freund! (Stolz, innig.) Ach, nun fühle ich, wie ewig groß die Liebe ist!

Ernthal. Olga, wir müssen uns einmal aussprechen, nicht? Da man es hier vereitelt, wo anders. Ich kenne einen kleinen Balkon —

Olga. Es ist gewiß der Meinige? Ja!

Ernthal. O Süße, Liebe! Er ließe sich mit etwas Kühnheit ersteigen. Die Straße wäre spät Abends menschenleer. Olga, wenn ich wirklich käme? Wenn —

Olga. Lassen Sie mich. Der Dr. Börner.

Ernthal. Einen Moment noch! Olga, wenn —?

Olga. Aber doch nicht ersteigen?

Ernthal. O Schelm, um gute Nacht zu sagen!

Olga. Wie böse Dr. Börner scheint. Mir klopft das Herz plötzlich gewaltig.

Ernthal. Ziehen wir uns dorthin zurück. — (Im heimlichen Jubel.) Gewonnen! —

Dreizehnter Auftritt.

Littmann. Dr. Börner.

Dr. Börner. Eine Treibhauspflanze! Ich sage Dir, eine Treibhauspflanze! Paß' auf, wie er wächst!

Littmann. Du bist aufgeregt!

Dr. Börner. Er schickt uns Morgen dieses seltsame Dokument? Ich sage, ich will nicht der Dr. Börner sein, wenn er es zurück erhält.

Littmann. Keine Unvorsichtigkeit!

Dr. Börner. Ich entreiße es ihm!

Littmann. Ich bitte Dich!

Dr. Börner. Mit Gewalt! — Ich muß mich überzeugen.

Letzter Auftritt.

Vorige. Nortau. Gleich darauf kommt Olga und Ernthal zurück, dann Iwanow.

Nortau. Kinder, wo ist nur Olga? Ah, dort!

Dr. Börner. Wo? Bei ihm! Nortau, bist Du blind?

Nortau. Was meinst Du denn?

Dr. Börner. Wenn Ihr mit dem Herzen sehen könntet!

Nortau. Du bist heute schrecklich!

Dr. Börner. Schrecklich? (Faßt sich; dann — nach Olga blickend.) „Wenn ich Dich liebe, was geht es Dich an?" Sie und er, haha! Seien wir lustig, Ihr Herren, lustig!

Littmann. Doktor, nun aber nach Hause.

Dr. Börner. Jawohl! Ihr glaubt, mir stieg der Wein auch zu Kopf? (Schmerzlich.) Der Wein, nur der Wein spricht aus mir? Ihr Thoren, auch wenn Ihr Zeichen und Wunder vor Euch habt! Laßt mich! Madonna, wir kommen, Euch zu holen und, wenn's beliebt, feierlichst nach Hause zu eskortiren.

Olga (zögernd). Ich komme!

Dr. Börner. Meinen Arm wage ich nicht mehr zu bieten. Ha! So weit? —

(Olga wechselt mit Ernthal einen Abschiedsblick, was Dr. Börner voll schmerzlichen Zornes gewahrt. Er berührt Olga am Arm).

Dr. Börner. O kommen Sie!

Olga. Ja! (Sie wendet sich zum Ausgang.)

Littmann. Es wird Zeit für uns —

Ernthal. Keinen Dank! Mein Wagen wartet unten. (Er winkt einigen Dienern.)

(Olga. Dr. Börner. Nortau. Littmann, der Rest der Gäste und einige Diener, ab. Andere Diener machen sich, ordnend, Lichter auslöschend zu schaffen. Iwanow beobachtet Ernthal).

Ernthal. Meinen Hut!

Iwanow (lächelnd.) Ich verstehe! —— Arme Kleine!

Dritter Aufzug.

Salon bei Ernthal. Aussicht auf die Winterlandschaft und ein Stück des zugefrorenen Flusses.

Erster Auftritt.

Baron v. Ernthal. 1. Diener.

Ernthal. Ist mein Sekretär zurück?

1. Diener. Herr Baron, bis jetzt noch nicht.

Ernthal. Aber er ist doch —?

1. Diener. Zu Herrn Gottwalt, ja wohl!

Ernthal. Sobald er kommt, er soll sofort zu mir!

1. Diener. Sehr wohl. (Ab.)

Ernthal. Warum ich nur nicht selbst ging? Iwanow verlangte Geld. Und er wagt, mir spöttisch zu drohen. Mir zu drohen? . . . Ich muß den Mitwisser los werden. Ist das sein Schritt? — Nein! Vor Dr. Börner warnte ich ihn. Börner? Ich hätte doch gehen müssen. (Klingelt heftig; zum eintretenden Diener.) Johann soll gleich den Braunen satteln —

1. Diener (erstaunt). Den Braunen?

Ernthal. Ja! — dem Sekretär entgegen reiten und sich die schwarze Ledertasche geben lassen. So schnell er nur kann. (Diener ab.) Ich muß das Schriftstück wieder in Händen haben, ehe — — (Zusammenschreckend, dann.) Wer sollte es wagen?! — Ihr Widerstand empörte mich! Widerstand!? — Es rinnen viel Bäche in einen Strom zusammen und jeder hat eine eigene Richtung. Der starke Strom aber bewältigt sie alle! Die Kraft, die ich noch in den Muskeln fühle, der Widerstand, der sie mich brauchen lehrt, sie sind's, die mich leben machen. Dann ist mein kühnes Herz erregt; es spornt mich zur That und alle Adern schwellen mir im Hochgefühl: Ich bin! (Fühlt Olga's Bild in der Brusttasche und zieht es heraus.) Olga? (Wirft das Bild in schnellem Abscheu fort.) Du träumerischer, Du ängstlicher und doch besiegter Geist. Verklagst Du mich? Zärtliche Julia, zum Liebesmeineid lächelt Jupiter und Du willst —? Pah! Wir Kinder! In jedem Spielzeug unserer Lust suchen wir Verborgenes, so recht Geheimnißvolles, kaum Geahntes.

Und zerbricht das Spielzeug — wir finden es wieder nicht? Es fällt ein Stück des Schleiers von unseren Augen und wir sehen deutlich, wie diese Komödie nichts als ein Betrug ist, gewoben aus Sehnsucht, Hoffnung und kindischem Vertrauen.

Ist es ein Betrug? Sind wir vielleicht Betrüger unsrer selbst? Olga? . . . Ihren Namen spricht der Mund, das Herz dagegen „Ada!" Ich — jünglingshaft entbrannt? Darf ich an Ada denken, wo ich diese Hand so besudelt? Häßliches Wort. — Man sieht nichts; auch eine genaue Untersuchung läßt nichts daran entdecken — selbst im Spiegel nichts. Es gälte kühn sein. Könnte ich Ada noch missen? — Nein! So gilt es sie zu erringen? . . . Ja! Die Nacht machte es klar in mir. Und der Entschluß gibt etwas Ruhe.

Zweiter Auftritt.

Ernthal. v. Gollnow.

v. Gollnow. Tölpel — unnöthig!

Ernthal. Ah! ihr Papa! (Laut und herzlich.) Mein väterlicher Freund! Sie kommen zu gelegener Zeit. Jetzt, da ich eben an Sie dachte.

v. Gollnow. Der Tölpel — mir den Eingang wehren. Ich bin pünktlich. Baron, Sie haben meinen Besuch gestern verlangt.

Ernthal. O, davon nichts mehr.

v. Gollnow Sehr peinliche, wachsende Verpflichtungen —

Ernthal. Nicht wegen des Spiels. Als Freund begrüße ich Sie.

v. Gollnow. Ich glaubte allerdings — die Ehrenscheine —?

Ernthal. Nicht doch! Sie fuhren über die Brücke?

v. Gollnow. Ja. Es sieht nach Thauwetter aus. Das Eis ist morsch, und da, wo Sie die Löcher hauen ließen, bröckelt es bereits.

Ernthal. Begegneten Sie denn Jwanow nicht?

v. Gollnow. Dem Sekretär? Nein! Nein, Baron. Johann raste vorbei Ja, aber Nortau stand wartend auf der Brücke.

Ernthal. Nein? — Und Nortau? Mein Gott, weßhalb nur?

Dritter Auftritt.

Vorige. Diener. Dann Dr. Börner.

Diener. Herr Dr. Börner.

v. Gollnow. Wa — wer?

Ernthal. Dr Börner? Ich lasse bitten! (Diener ab.) Was bedeutet das Alles?

v. Gollnow. Sie erwarten ihn?

Ernthal. Ich schickte meinen Sekretär, wie ausgemacht, zur Redaktion — es muß irgend etwas vorgefallen sein. — Gott, wie er aussieht?

v. Gollnow. Als brächte er den Tod!

Dr. Börner. Meine Herren! Es ist — ich bin — nur übernächtig, nichts als übernächtig. — Der Wein ließ mich nicht schlafen. Er ist nichts für die Satyre auf'nen Menschen, die sich Dr. Börner nennt.

v. Gollnow. Setzen Sie sich doch! Sie scheinen krank, Verehrter?

Dr. Börner. Nichts! Nicht! Meine Natur will nur keinen Hopser machen; sie rächt sich für jeden Zwang.

Ernthal (für sich). Wenn er nur reden würde!

Börner. Ihr Sekretär war heute bei Herrn Gottwalt.

Ernthal. Er war?

Börner. Ich versuchte umsonst, ihn zu halten.

Ernthal. Er ist nicht zurück. Es ist — etwas — geschehen?

Dr Börner. Geschehen? Hahaha! Ich wollte ihn des mir von ihm verweigerten Dokumentes wegen nöthigen, nur etwas zum Verweilen nöthigen — da aber — —

Iwanow (vom Flusse herauf). Hilfe! Zu Hilfe!

Dr. Börner. O!

Iwanow Hilfe!

Dr. Börner. Mächte der Erde!

v. Gollnow. Wa — was — war das?

Iwanow (wie oben). Rettet! Zu Hilfe!

Ernthal (am Fenster). Mein Sekretär — er wollte über den Fluß — die Löcher — das Eis trägt nicht mehr.

(Lärm hinter der Szene.)

v. Gollnow. Wir müssen ihn retten!

Ernthal (mit schwer verhehlter Aufregung). Es wird zu spät werden!

v. **Gollnow.** Einem Menschenleben gilt's (Ab.)

Ernthal (kalt). Rufen wir erst die Diener! (Ab.)

v. **Gollnow** (hinter der Szene). Schnell, Ihr Leute, Leitern! Leitern auf's Eis! Eilt doch! Eilt!

Vierter Auftritt.

Dr. Börner (am Fenster. Hinter der Szene Tumult. Rufe verschiedener Stimmen: „Hierher! Hilfe! Hier! Dann Stille.)

Dr. Börner. An einer Eisscholle hängt er   Wenn ihn die Kraft verläßt —? Helft! Barmherzige Mächte! Endlich! Sie kommen! Ah! Sie sind unten. Nur schnell! die Leiter — gut. O nicht doch — daneben — so — Bravo! das war gut. Die Stange — er greift danach — (Hinter der Szene: „Ho — zieht!" Dann ein gellender Aufschrei. Murmeln.) Ach! — — Er verschwand. — — Dort der Arm — er grüßt den Tag — noch einmal — o! Adee! Adee! Er ist ertrunken! (Gemurmel hinter der Szene.) Sie werden ihn nicht mehr finden. Solch' schneller Tod.

Fünfter Auftritt.

Dr. Börner. Nortau. Dann ein Diener.

Nortau. Hier bist Du?

Dr. Börner. Hans, trieb denn ich ihn in den Tod?

Nortau. Nein, mein Junge, nein!

Dr. Börner. O schrecklich! O Hans! —

Nortau. Weine Dich aus. Weine! — Was Du wolltest war gerecht!

Dr. Börner. Er nahm den Beweis mit in's Wasser. Es war ein Fehlschlag. Das bricht meinen Muth.

Nortau. Und Du warst Deiner Sache sicher?

Dr. Börner. Sicher? . . . Ich sah, wie Ernthals Augen unstet flackern, wie er gestern bebte und bis in den Tod hinein erschrack. Diese Schrift deutete ich — und Anderes trat hinzu. Hätte ich doch Unrecht gehabt?

Nortau. Nun ist der Zeuge freilich weg.

Dr. Börner. Er ging deshalb in den Tod . . .

Nortau. Wie konntest Du ihm auch allein entgegen treten?

Dr. Börner. Littmann kam und erzählte, in der Stadt heiße es — und Flüssig verbreitete es überall, dieser Ernthal werde bald Minister. Das brachte mich außer mir! Und ich bin körperlich solch' elender Schwächling. Ich paßte den Russen ab und verlangte geradezu das verdächtige Dokument. Er verweigert es — höhnisch, — dürfe es nur Gottwalt geben — aber doch voll innerer Angst — verstehst Du? Ein Wort giebt das Andere — mir entfuhr die Beschuldigung. Auch er erschrickt. Ich also auf ihn! Da schleudert er mich wild und schreckensbleich ab. Gut, daß Du in der Nähe warst.

Nortau. Ich wollte ihn an der Brücke aufhalten. Er kam —

Dr. Börner. Du sahst ihn noch?

Nortau. Ich rufe — er stutzt — und läuft flußabwärts, als suche er einen Uebergang. Plötzlich sehe ich ihn mitten auf dem morschen, grauen Eise. Um Gott, schießt es mir durch's Herz, wenn nun das Eis bricht! — Da ruft er schon „Hilfe!"

Dr. Börner (wiederholend). „Hilfe!"

Nortau. Mein erster Gedanke galt Dir — Deiner Aufregung

Dr. Börner. Ich danke Dir Dein Kommen! Sieh' doch — dort ist es geschehen — etwas Schreckliches, Ungeheu'res! — Noch suchen sie. Ob sie wenigstens den Leichnam finden?

Nortau. Er wird unter dem Eise stecken.

1. Diener (vorübergehend). Da bleibt er nicht!

Nortau. Wie meinen Sie das?

1. Diener. Der Fluß, der behält Keinen — der spuckt sie alle wieder aus — wie unsereins 'nen Kirschkern. Ein Bischen knabbert man wohl d'ran herum —

Dr. Börner (aufmerksam). Wie lange dauert das?

1. Diener. Je nun — meistens verschieden! Wenn's Eis geht!

Dr. Börner. So lange? (Für sich.) Wir sind hoffnungslos.

1. Diener. Ja, ja, so ein Ende hat für den auch gehört! Solch hergelaufener Abenteurer! — (Ab.)

Dr. Börner. Und „Hilfe" rief er. Und „Rettet mich!"

Nortau. So laß' uns an Freundlicheres denken!

Dr. Börner. Keine Hilfe kam. Er schläft in einem eiskalten Bette. Und unsere Pläne? Sie sind gescheitert. Auf mich lastet der Vorwurf.

Nortau. So höre doch nur! Ich habe für Olga ein Bouquet bestellt.

Dr. Börner. Du — für Olga?

Nortan. Nun ja. Morgen ist doch ihr Geburtstag! Littmann, Pantzer und ich wir haben uns nun verabredet, ihr heute ein Ständchen zu singen und ich kam gerade, Dich dazu einzuladen, als sich das Unglück ereignete. Du singst doch mit?

Dr. Börner. Hans — verlasse sie nur nicht, nein?

Nortan. Verlassen? Ich will sie ja mit mir nehmen! Gottwalt meint, wir sollen Morgen unbedingt Verlobung feiern. Deshalb das Ständchen und das Bouquet. Aber Olga scheint so seltsam. Was sie nur haben mag? Du sprachst sie? Ist sie unwohl?

Dr. Börner. Ich weiß es nicht; aber sie schien wirklich verändert.

Nortan. Gottwalt sagt, sie seufze, lächle vor sich hin, werde blaß und werde roth, weine und habe ihn heute so herzhaft abgeküßt, wie noch nie. Das Mädel sei verliebt — frisch um sie geworben. Bei Gott — ich thu's! Was meinst Du?

Dr. Börner. Du liebst sie?

Nortan. Könnte mein Herz antworten. Ach, Doktor! Im Rauschen des Meeres, da hörte ich sie. Im Wellenschaum vor unserem flinken Kiel, da sah ich sie. Im stillen Mondschein auf den Wassern Indiens träumte ich von ihr, die mir die Heimath theuer macht — und von der fröhlichen Heimkehr zu ihr — in ihre bräutlichen Arme. Du weißt doch, es war längst so beschlossen? Bei Tag und Nacht, im Dienst und bei den Kameraden — meine Seele flog eiligen Flügels her zu ihr, und immer nur zu ihr, die mir über Alles theuer ist.

Dr. Börner (mit heimlichen Schmerz). Du wirst poetisch — ich muß Dir glauben.

Nortan. Sagte sie etwas?

Dr. Börner (wendet sich ab; zaghaft). Sie kam aus ihrem Zimmer, die Blicke niedergeschlagen und auf den Wangen der Jugend tiefstes Roth. „Ich grüße Euch, Madonna!" necke ich. Darauf sieht sie mich erbleichend an — mit einem Blick, der mir wahrhaftig bis auf den Grund der Seele drang: „„Was sagten Sie."" Nun scherze ich, wie wir's sonst immer thun, weiter und rühmte die holde Jugend, die sie auszeichne vor Hundert Andern. Da stehen ihr auch die Thränen in den Augen. Sie ballt die Hand, öffnet sie und thut, als würfe sie was hinweg: „„Das meine Jugend! Meine Anmuth!""

„Sagt das Euer Spiegel" — rufe ich — „so lügt der verleumderische Wicht, haha! Ein Faustschlag ihm zum Lohn dafür!" Jetzt wurde sie ruhiger, giebt mir die Hand, die mich eiskalt durchschütterte, und sagt „„Ich muß den Vater grüßen."" Weg war sie. Aber ihr Benehmen war wahrhaftig seltsam.

Nortan. Sehr seltsam. Du, jetzt kommen sie zurück. Ich will mich hier nicht treffen lassen. Bleibst Du?

Dr. Börner. Höchst ungern! Mein Gehen wäre aber Flucht.

Nortan. Auf Wiedersehen! (Ab.)

Dr. Börner. Das Dokument verschwand. Als ein Geschlagener, kleinlaut als Besiegter stehe ich deshalb vor ihm! Was er verlangt — wie könnten wir es noch verweigern? .

Sechster Auftritt.

Dr. Börner. Ernthal. v. Gollnow.

v. Gollnow. Nur zwei, nur eine Minute eher, und wir fischten ihn heraus.

Ernthal. Es thut mir leid um den Mann!

Dr. Börner. Denn er starb in seines Herren Dienst!

Ernthal. Ah, Sie sind noch hier? Sie haben den Vorgang gleich für Ihr Blatt aufgenommen?

Dr. Börner. Nein! ein solches Ende? — Es geht mir nahe.

Ernthal. Es war eine Unvorsichtigkeit von ihm —

Dr. Börner (für sich). Bei Gott, die war es nicht.

Ernthal (lauernd). Und diese Unvorsichtigkeit kann nachträglich mich in die peinlichste Lage bringen.

v. Gollnow. Wa—was? Wie so?

Ernthal. Er trug eine Schrift bei sich, mit welcher endlich meine Ehre ganz eigenthümlich verknüpft worden ist. Da man meinen Worten nicht Glauben zu schenken scheint, da das Beweisstück nun verloren ging, werden sich Angriffe hervorwagen, an die sich dann leicht die Verläumdung hängt.

v. Gollnow. Gegen Sie?

Ernthal. Gegen mich! . . . Oder etwa nicht, Herr Doctor Börner?

Dr. Börner (halb für sich im inneren Kampfe). Niemand dürfte die Lügen strafen, welche die Schrift gesehen. Niemand sie anzweifeln, sie ging ja verloren! Es kann also Niemand auftreten.

v. Gollnow (am Fenster). Das superbe Pferd! Baron, schade ist es, daß ein solches Thier den Reitknecht trägt!

Ernthal (der Börner mit heimlicher Freude beobachtet). Der Braune? Kam Johann zurück? Schade, meinen Sie?

v. Gollnow. In der That, schade!

Ernthal. Wenn ich nun Ihnen ein Geschenk damit machte?

v. Gollnow. Wa—was? Mon dieu, Baron, Sie spaßen!

Ernthal. O — ich bin durchaus in der Laune, jetzt Jemand eine Freude zu machen. (Klingelt; zum eintretenden Diener.) Johann soll den Braunen zum Herrn Rittmeister reiten und dort im Stalle lassen.

v. Gollnow. Nein, ich reite ihn selbst. (Diener ab.) Lieber Baron, machen mir da, auf Ehre, ein veritables Vergnügen. Ein Prachtthier! Ich danke Ihnen sehr, mein lieber — mein — mein Sohn, möchte ich fast sagen.

Ernthal (mit Betonung). Sie errathen meinen Wunsch!

Dr. Börner. Fräulein Ada?

v. Gollnow. Wa—was? Verstehe ich die hocherfreuliche Andeutung?

Ernthal. Es überrascht Sie?

Dr. Börner. Eine Brautwerbung aus dem Stegreif also?

v. Gollnow. Wirklich?

Ernthal. Ja!

Dr. Börner. Und um Fräulein von Gollnow, während ich — ? Ah — jetzt wird es hell um mich!

Ernthal (abseits). Es wirkt?

Dr. Börner (ceremoniell, mit glücklichem Ausdruck). Herr Baron, ich beehre mich, Ihnen unsere Zustimmung zu verbürgen. Ja, jetzt treibt es mich, Ihre Kandidatur selbst und — noch dazu — sogleich zu publizieren. Urbi et orbi will ich es anpreisend verkünden.

Ernthal. Ich erwartete es. Und wir werden siegen?

Dr. Börner (hochmüthig). Sie und ich im Bunde? — Zuversichtlich!

Ernthal. Im Bunde! Sie hörten es, Herr Rittmeister?

v. Gollnow. Ich glaube zu verstehen.

Ernthal. Von ganzem Herzen Dank — besten Dank,

4

mein lieber Doktor! Sind wir vereint, werden wir den Sieg erzwingen, wenn es sein muß. Herzlich willkommen also!

Dr. Börner. Wo finde ich Papier und Schreibgelegen= heit?

Ernthal. Hier, in meinem Arbeitszimmer. Ich habe da einige Gedanken niedergeschrieben —

Dr. Börner. Haha — in meinem Hirn wirbelt bereits ein fulminanter Leitartikel. Mein Bestes füge ich hinzu! Herr Rittmeister, ein Schwiegersohn, hahaha, der Aussicht zum Minister hat. Also hier? (Ab.)

Ernthal. Bitte! (Ab.)

v. Gollnow. Teufel! wie hoch er die Freundschaft jenes Menschen schätzt? Wa — was thut es, kommt die Schätzung mir zu Gute und der Braune in meinen Stall!

Siebenter Auftritt.

Ernthal, zurückkommend. v. Gollnow.

Ernthal. Sie sehen, wie nun auch die Politik anfängt mich zu tragen. Das giebt köstlichen Wagemuth! Sie unterstützen doch meine Werbung? Und Sie ahnen, auf was ich hinstrebe, welche Stellung ich einst Ada bieten will?

v. Gollnow. Ada ist ein zu eigener Charakter, ihr nicht freien Willen zu lassen.

Ernthal. Wird sie mein, sind Ihre Ehrenscheine zer= rissen! — — Verstehen Sie? Alle!

v. Gollnow. Hm! Gut! Gut! Baron, Ada macht aber Ansprüche. Und — man sprach Mehrerlei —

Ernthal. Lüge! . . . Sondirten Sie bereits?

v. Gollnow. Offen gestanden — ja!

Ernthal. Und?

v. Gollnow. Scharfblick — merkte, cher Baron, Ihre Stimmung. (An den Fingern zählend.) Stellte Ada vor, Baron, Ihre Liebe — sie lachte. Ihren Rang — sie stampfte mit dem kleinen Fuß. Ein reizender Fuß, Baron — wie? Ihre zuversichtliche Treue, — da zerpflückte sie langsam eine dunkle Rose.

Ernthal. Die war von — von mir!

v. Gollnow. So? — Sie wird mich hier abholen —

Ernthal. Sie kommt? das macht mir Hoffnung!

v. Gollnow. Vorschnell!

Eruthal. Sie fürchten?

v. Gollnow. Ich sah Ada's Wagen. Ihre offene Werbung, cher Baron, verdient, daß ich Gelegenheit zur Aussprache gebe. Ich werde eine Viertelstunde den Braunen tummeln. Wollen Sie?

Eruthal. Ich nehme an — voller Freuden kann ich sagen. Kaum weiß ich selbst, wie mir ist! Und doch bangt mir. Ich biete ihr diese Hand? . . .

v. Gollnow. Wie betrachten Sie die?

Eruthal. Aber der Durst nach ihren Lippen verzehrt mich — und ein anderes Getränk stillt den Durst nicht! Also ihr entgegen. Da ist sie!

Achter Auftritt.

v. Gollnow. Eruthal. Ada.

v. Gollnow. Ich komme zurück! (Im Vorübergehen zu Ada.) Wir sind dem Baron mehr als (Summe unverständlich) Mark schuldig. Denke daran!

Ada (abseits.) O elendes Spiel!

(von Gollnow ab.)

Eruthal. Der heutige Tag brachte mir so eben ein großes Glück — aber Ihr Erscheinen, Ada, nehme ich doch für das größere!

Ada. Was hat Papa?

Eruthal. Er will den Braunen probiren.

Ada. Das wird ihn freuen; es war nämlich längst sein Wunsch.

Eruthal. Dann habe ich ja gut gerathen!

Ada. Er bat nicht darum?

Eruthal. Ich schenkte ihm das Pferd!

Ada. Was?

Eruthal. Weil —! O, Ada, weil ich fröhlich, glücklich bin.

Ada. Das ist großmüthig!

Eruthal. Sie beschämen mich! (Beugt sich nieder und küßt feurig ihre Hand.)

Ada. War das Galanterie?

Eruthal. Nein! Ada, blitzen Sie mich nicht so strenge an. Nicht diesen kalten Ton, den abweisenden Blick.

Ada. Vergessen Sie nicht, wir sind allein!

Eruthal. Alle meine Gedanken suchen ja Sie. Meine

Augen leben nur in Ihrem Anblick. Ada, meine Einbil=
dungskraft zeigt mir ein Glück an Ihrer Seite, von dem ich
wünsche —

Ada. Wollen Sie, daß ich mich entferne?

Ernthal. Ada! (Will vor ihr in's Knie sinken.)

Ada. Ich achte keinen Mann, der leicht in's Knie sinkt.

Ernthal. O! . . . (kurze Pause).

Ada (ablenkend). Ich bewunderte Ihr Schloß im Ein=
fahren. Es ist alt, doch schön und imposant — ein herr=
liches Heim. Papa und ich, wir kennen ein solches kaum;
wir sind ja stets unterwegs und im Hotel.

Ernthal. Es würde mich glücklich machen, Ihnen das
Schloß zeigen zu dürfen? Läßt mir mein späteres Leben
noch Muße, dann baue ich es allerdings um.

Ada. Gefällt es Ihnen nicht mehr?

Ernthal. Der erste Kurt von Ernthal baute das Schloß.
Ich trage den Namen nach ihm. Er war ein ehrgeiziger,
kühner, rücksichtsloser Charakter — sein Andenken lebt fort.
Ich denke einmal von Grund auf neu zu bauen — aber
nach außen und innen im Geiste unserer Zeit, als ein An=
denken unseres Lebens und Strebens, unseres Daseins.

Ada. Ein schöner Vorsatz. Und Sie scheinen der Mann,
Baron, ihn auszuführen.

Ernthal. Und wenn es fertig wäre? — Ada, Ihr
Papa —

Ada. Oh!

Ernthal. Er ließ mich eine entgegenkommende Auf=
nahme meiner ehrlichen Werbung erwarten?

Ada. Geben sie mir Zeit, mich an den Gedanken zu
gewöhnen; er ist mir fremd.

Ernthal. O Zeit — und meine Ungeduld! Nur ein
freundliches Wort! Ada, meiner Phantasie nur den Spielball
Hoffnung, daß sie nicht verzweifeln muß?

Ada. Mein Herz bleibt stumm!

Ernthal (erschrocken). Komme ich zu spät?

Ada. Mir ward keine Liebe!

Ernthal. Aber Ihr Herz, es ist nicht frei?

Ada. Fragen Sie mich nicht!

Ernthal. Sie blieben allein, Ada?

Ada. O, daß ich es blieb! — —

Ernthal. Ohne Liebe sein, heißt ohne Seele leben.
Nehmen Sie die Hand die ich Ihnen biete!

Ada. Wenn ich Sie liebte —· ?

Ernthal. Sei nur mein — nur mein eigen — und Ihr Leben wird fortan ein Frühlingstag der Freude. Ich schütze Sie —

Ada (ängstlich aufschreiend). Vor meinen Vater?

Ernthal (aufhorchend). Vor alles Ungemach! — Mädchen, was Du wünschest und die Erde bietet es — zeige mir's! Ich erringe es für Sie! Kein Ziel schwebe zu hoch. Ihr kluger Geist, gebieten und herrschen muß er — tausend Augen sollen bewundernd Ihrer Höhe folgen . . . Keine Antwort?

Ada. Wenn ich — mich schaudert es!

Ernthal. Aber doch nur vor dem freudlosen Leben, das Sie jetzt führen? davor erschaudern Sie mit Recht! Vor dem öden unausgefüllten Leben, das Ihrer wartet, wenn erst die Zeit den zarten Jugendglanz von dieser schönen Hülle gestreift . . . .

Ada. Welche Sprache wagen Sie?

Ernthal. Die der Wahrheit! Oder könnten Sie leben ohne die Annehmlichkeiten des Reichthums? Ihr Vater ist ein Spieler!

Ada. Halten Sie ein!

Ernthal. Er verliert mehr, als er je gewinnt.

Ada. O schweigen Sie!

Ernthal. Sie wissen ja wie schnell das abwärts führt. Besitzen Sie den Muth, diesen holden Körper in rauhe Wolle zu stecken, zu dienen und vielleicht am Dienertisch zu speisen, wenn das der Rest einst wäre?

Ada. Am Dienertisch! Baron?

Ernthal (ihr fest in's Auge sehend). Ada! (Ganz kurze Pause.) Nicht die trotzige Falte auf der Stirn, o nicht die Herbheit um den Mund: ich biete Ihnen ein Herz. Und — bei Gott — ein stolzes Herz!

Ada. Schreckliches Bild! Es steht zukunftsvoll vor meinen Augen. Ich wische es hinweg — es erscheint wieder! — O fürchterliche Zeit, die mich erwartet!

Ernthal. Sie wird freundlich — nehmen Sie diese Hand . . . . Mich verlangt nach Ihnen!

Ada. Das Grauen erkältet mich!

Ernthal. Im Staub liege ich vor Dir. Sei mein! O ich vergöttere Sie! Wähle!

Ada. Stehen Sie auf, Baron. Ich — o — entsetzlich!

Ernthal. Wähle.

Ada. Ich will — die Ihre — — Oh!

Ernthal. Ihr Himmel, hört ihr es? Du, Heißgeliebte, o bist mein! Mein! Welche stolze Freude in dem kleinen Worte. Nun komme. An mein Herz! Es schlägt Dir begehrend entgegen.

Ada. Rühren Sie mich nicht an!

Ernthal. Das Siegel unseres Bundes glühe ich auf den frischen Mund — auch unerlaubt! Meinen süßen Reichthum presse ich voll stolzen Jubels an diese Brust. O komme doch!

Ada. Lassen Sie los! (Seine Hand zurückstoßend.)

Ernthal. Ach — die Hand!

Ada. Ich erwürgte Sie!

Ernthal (ist zurück getaumelt, — sich fassend). Solche Weigerung? . . . Mein Recht verlange ich!

Ada. Ein Recht wurde Ihnen nicht!

Ernthal. Dein Wort —

Ada. Ich gab es vorschnell — lassen Sie mich frei!

Ernthal. Mit brennendem Durst soll ich schmachten? Von Deinem schönen Reichthum willst Du nicht schenken?

Ada. Ich kann nicht!

Ernthal. Einen Kuß nur.

Ada. Entsetzlich! Mich durchbebt ein furchtbares Schaudern.

Ernthal. Ada! — Ich armseliger Bettler vor solch' hartherzigem Krösus!

Ada. Schonen Sie mein!

Neunter Auftritt.

Vorige. v. Gollnow.

Ernthal (für sich). Noch muß ich mich bezwingen. (Aufbrausend.) Mir so zu trotzen! (Zu von Gollnow.) Mein Vater!

v. Gollnow. Vater? — Mein theurer Sohn! O meine Kinder! Seid glücklich. (Ausbrechend.) Ja, werdet glücklicher als ich armer Mann.

Ada. Dein Wunsch erfüllt sich!

v. Gollnow (sie in die Arme schließend). Ich danke Dir, Kind!

Ada. Mir ist fürchtlich weh! Ich will mein Wort zurück!

v. Gollnow. Schweige! Es wird Dein Glück! — Apropos, Baron, der Gaul ist süperb.

Ernthal. Es freut mich, wenn er Ihren Beifall hat!

v. Gollnow. Ich werde ihn selbst nach Hause reiten. Du fährst im Wagen, Ada?

Ernthal. Ich darf Sie doch begleiten?

Ada. Ich bitte um die Erlaubniß allein zu fahren! (Sie wendet sich zum Gehen.)

Ernthal. Herr Rittmeister, was ich versprach — hier sind die Scheine.

v Gollnow. Zerreißen Sie dieselben.

Ada. Papa!

v. Gollnow. Ich komme! (Zu von Ernthal.) Mein lieber Schwiegersohn —

Ernthal. Wir werden meine Braut zum Wagen geleiten!

(Alle ab.)

Zehnter Auftritt.

Dr. Börner.

Es gefällt mir nicht, was ich schrieb, 's ist Alles oberflächlich . . . Ich thörichter Träumer! Vergeblich suche ich, Ordnung in meine Gedanken zu bringen. Vor mir schwebt ein Paradies, und ich schmause — in Phantasie.

Aber Das weiß ich doch noch: Träume lügen! Und so ist selbst mein Paradies voller Bitterkeit. Erbärmliche Schwäche, von einem Glück zu träumen — immer zu träumen — weiter zu träumen mit dem nagenden Bewußtsein, der klaren Voraussicht von der Unmöglichkeit seiner Erfüllung. Olga und Ernthal? Mein Verdacht war falsch? Ha, das hat mein Herz erleichtert. Aber Olga und Nortau? Ja! Olga und Dr. Börner? Nie! Entsagung mein Glück. O du Erde, Mutter, warum denn solche armselige Geschöpfe wie ich? Menschen mit glutheißem Lebensdurst, denen du Alles, Alles versagst, um es den Anderen tausendfach zuzuwerfen? Habe ich weniger verdient? War ich nicht immer gut und brav?

Haha! Die Mutter Erde, sie ist eine Stiefmutter: mir schlug sie die Thür zum Glücke vor der Nase zu. Nun stehe ich schüchtern abseits und sehe, wie die Anderen lärmend tafeln. Der Duft ihrer vollen Schüsseln steigt vor mir auf — so ein scharfer Duft, der durchdringt zu den Poren des Herzens und alles Blut rebellisch macht. Dürste ich nicht nach Leben, nach vollem ganzen Sein? Wer stillt mir den

Durst? — Und Andere verschwenden; verprassen gedankenlos und sehen nicht die Dürstenden, die vergeblich herbeidrängen.

Weg! Weg mit den Gedanken! Ich schüttle sie ab, wie der Baum die todten Blätter; sie fallen zur Erde und jedes Blatt war eine frische Hoffnung, die nun modert mit tausenden Genossen. Weg mit ihnen! —

Lauter Zettel? Zerrissen? Ah! „Gut — für — von Ritt —" Und die andere Hälfte? „Tausend Mark, v. Gollnow — meister a. D." Das heißt zusammengesetzt: Gut für Tausend Mark, v. Gollnow, Rittmeister a. D. Was bedeutet das? Hm! Da liegt ja mehr — ah! größere Summen — und zerrissen? Hat Gollnow das bezahlt? Er verlor all' die Tage. Hat er einen größeren Wechsel ausgestellt? Kein Schreibzeug zu entdecken! Hui! Der Baron ist ein splendider Schwiegersohn. Wäre vielleicht mehr zu finden? Was ist das? — Dies Bild? Olga? (Küßt es.) Mein Gott, — der Baron ihr Bild? Was liegt denn da vor? Allmächtiger! Er muß — er muß — er muß mir Rede stehen.

Letzter Auftritt.

Dr. Börner. Ernthal.

Ernthal. Seltsam als Mädchen, — seltsam als Braut. Sie wird verständig werden. — Ach, Doktorchen! Lassen Sie sich die Hand schütteln. Ada hat „ja" gesagt, ist mein! O Herzenswort! Was haben Sie?

Dr. Börner. Wie — wie kommen Sie zu dem Bilde hier?

Ernthal. Warum erregt Sie das?

Dr. Börner. Wie kommen Sie zu dem Bilde?

Ernthal. Was weiß ich!

Dr. Börner. Herr Baron, reden Sie!

Ernthal. Mein Gott, man hat es mir geschickt!

Dr. Börner. Man hat —? Sie wissen, wen es darstellt?

Ernthal. Die kleine Gottwalt. Aber lassen Sie doch das, Doktor!

Dr. Börner. Dieses Bild in Ihren Händen? Wie ist mir denn? Wo war das Bild bis jetzt? Wo — ah! — — wo? O Hölle in meiner Brust! Wo — wo haben Sie das Bild, woher haben Sie das Bild?

Ernthal. Weiß ich es? Fragen Sie mich nicht. Heute,

wo ich Bräutigam wurde und ein strahlendes Bild im Herzen trage!

Dr. Börner. Bräutigam? Ja — ja! In ihrem, — Allmächtiger! In ihrem — ihrem Zimmer, da, da hing es und da sah' ich es — wann doch noch? Gestern! — Gestern Abend, als ich sie zum Balle holte. Heute — sie kann es nicht geschickt haben — ihr Benehmen aber — Ha! —

Ernthal. Wollen Sie mir gefälligst erklären?

Dr. Börner. O Schurke! O ganz heilloser Schurke!

Ernthal. Mein Herr!

Dr. Börner. Schurkerei! O höllische Schurkerei!

Ernthal. Stille! Oder ich klingele meiner Dienerschaft.

Dr. Börner. Wo ich anbetete — ein Solcher! — Solcher! Verwüstet die Blume, an der mein Herz hing, — die so rein, so unschuldsvoll — o so lieb!

Ernthal. Pah!!

Dr. Börner. Ha! Hund! . . . Hätte ich doch Kraft! Mit den Nägeln, mit den Zähnen an ihn!

Ernthal. Ereifern Sie sich nicht so neidisch!

Dr. Börner. Ha! 'ne Hölle kocht in mir. Der Engel! — (Schmerzlich.) Und ich schützte ihn nicht? (Wild.) Rache!

Ernthal. Sie sind außer sich!

Dr. Börner. Rache schreit's in mir. Was thue ich Dir nur? — Feinde für immer!

Ernthal. Doktor!

Dr. Börner. Ah! — recht! Die Wahl! Wo ist mein Bericht? Da — da — und in's Gesicht, Schurke, werfe ich Dir die Fetzen Deines Ruhmes und Deines Glückes.

Ernthal. Genugthuung will ich. Hinaus!

Dr. Börner. Feindschaft ist nun zwischen uns, offene Feindschaft!

Ernthal. Hinaus!

(Dr. Börner ab).

Ernthal. Mußte ich ihr das Bild abschmeicheln? Johann! (Klingelt.) Mit den Hunden hetze ich ihn vom Hofe! O! nicht doch: Die Wahl! Ich muß ihn ja versöhnen.

Vierter Aufzug.

Olgas Zimmer bei Gottwalt. Eine Glasthür führt zu dem mit niederer Ballustrade versehenen Balkon; links das Schlafzimmer.

Erster Auftritt.

Gottwalt Nortau. Dr. Börner.

Nortau. Und Du kannst Dich nicht irren?

Dr. Börner. Nie! Ich blickte in seine Seele. Auf deren trübem Grund war das Bekenntniß dieser Schuld deutlich gegraben und — das einer noch größeren!

Gottwalt. Aber Beweise, lieber Doktor!

Nortau. Wir hätten Thauwetter zu erwarten.

Dr. Börner. Das Dokument brauchen wir. Der Beweis ruht also — wie ich erfuhr in einer schwarzen Ledertasche — auf der Brust des Ertrunkenen. Ich habe deshalb Leute bestellt und geht das Eis, ich finde ihn! Dann rechnen wir ab, Herr Baron! Dann!

Gottwalt. Was Sie da erzählen, lieber Doktor, hat fürwahr Gewicht. Das hängt sich an meine Entschlüsse. Hm! Fatal! Wir haben uns bereits tief eingelassen. Hätte ich nur irgend eine Handhabe, unsere Zusage daran zurückzuziehen?

Dr. Börner. Ich sorge dafür! Lassen Sie mich sorgen! Herr Gottwalt: es bleibt bei der Absage. Ich will ihm schon Minen legen und entgegen treten — überall! Nie mehr betrete er dieses Haus!

Nortau. Nun denkt aber auch einmal an mich! Hier steht ein Verliebter, der gern ein Verlobter wäre!

Gottwalt. Du hast mein Wort!

Nortau. Das ihrige aber nicht!

Gottwalt. Das ist Dir sicher!

Dr. Börner (ängstlich). Mein Gott, dies Drängen, bei einem so wichtigen Entschluß!

Nortau. Drängen? Wer hat mich denn gespornt und mich vorwärts geschoben, he? Mir Muth gemacht und nun ich in hellen Flammen —

Dr. Börner (aufschreiend). Nortau! (Bang.) Wie zart ist ein Mädchengemüth! So plötzlich — so soll sie sich — entscheiden?

Nortau. Wie redest Du denn? Ich verstehe Dich nicht — plötzlich entscheiden?

Gottwalt. Es ist nicht plötzlich! Sie weiß es und will es und muß es wollen. Potz Tausend, habe ich das Kind aufgezogen, um es einmal unglücklich zu sehen? Ei der Teufel, soll wohl solch' Modelaffe herlaufen, mir nichts, dir nichts verschossen in die Kleine und „Nun Väterchen, Deinen Segen Väterchen!" Ho! Ho! In vier Wochen rennt der Tropf einer Andern nach — meine Olga sitzt allein zu Hause und heult? Potz Wetter, Mädel! Hole Dich dieser und —

Nortau. Vater — schmähe sie nicht vorher!

Gottwalt. Hahaha! Da habt Ihr mich wieder! Aber wenn ich das erleben müßte —! Doktor, Sie seufzen?

Nortau (übermütig). Wenn der von Hochzeit hört, seufzt er immer. Unser Tafellied dichtet er doch!

Gottwalt. Ich kann's eigentlich nicht sagen, wie mir bei dem Gedanken wird, mich von dem Kinde zu trennen. Solch' kleiner Abschied — und doch solch' großer Schmerz!

Nortau. Wie muß es erst um's Sterben sein!

Dr. Börner. Sterben? Die klaffende Leere im Herzen der Bleibenden — und das ganz Undenkbare, todt zu sein!

Nortau. Aber Kinder!

Dr. Börner. Der Tod ist augenlos — er sieht ja nichts mehr von der Pracht der Erde. Er ist ohrenlos — und hört nicht! Alle Liebesworte sind verschwendet — denn ach! er fühlt nicht! Seid nicht sparsam mit guten Worten, so lange Ohren da, die sie hören!

Nortau. Nun aber still! Du verdirbst Einem die ganze Stimmung. Olga kommt nicht. Ich hole Pantzer, sonst vergißt der vielleicht auf das Ständchen. Ich freue mich kindisch auf die Ueberraschung. Du hast doch nicht geplaudert Doktor?

Dr. Börner. Ich bin nicht aufgelegt zum Singen!

Nortau. Damit komme uns nicht! Sei ja zur rechten Zeit unten! Und nach dem Ständchen Verlobung. Nicht wahr, Vater? Nun adieu! Da kommt Olga!

Zweiter Auftritt.

Vorige. Olga.

Nortau (ist Olga entgegengegangen). Liebe Olga, wie geht es? Vater, hier bringe ich sie!

Olga. Gut! Du Lieber. Mein Vater!

Gottwalt. Du bist betrübt, mein Kind?

Olga. Nicht doch, Vater! Nur müde fühle ich mich — so sehr müde!

Gottwalt. Du wirst munter werden, Mädchen, warte nur, was der morgige Tag bringt — Du wirst staunen. Und Deinen alten Vater sollst Du vergnügt sehen, Potz Wetter, so vergnügt, wie Du ihn noch gar nicht kennst. Ja! Ja! Sieh' mich nur an. Die Myrthe in Deinen Locken und den Brautschleier — aha, suchst Du nach Hans?

Nortau (beseligt). Ach, die Myrthe!

Dr. Börner (abseits). Ha, im Kranz! Der Gedanke schmerzt ihr doch?

Gottwalt. Du zitterst ja, Kind? Hans, komme her. Na, wie gefällt Dir der Junge?

Nortau. Aber Vater!

Gottwalt. He, wie gefällt Dir Der?

Dr. Börner (für sich). Nicht so gut, wie der Andere!

Olga. Vater!

Gottwalt. Donner! Mädel, frage ich, wie gefällt er Dir?

Olga. Hans, mein Bruder! So liebe ich Dich, wie ich Dich küsse!

Dr. Börner (für sich). Der Kuß war kalt!

Nortau. Und ich, Olga, ich liebe Dich, liebe Dich — mehr als mein Leben! (Ab.)

Gottwalt. Na, sei vernünftig, Kleine! (Küßt sie auf die Stirn.) Sei munter! Wenn es dunkelt, komme ich herauf! Mir ist, als wollte ich noch etwas sagen? Nichts! Nun, Adieu so lange!

Olga. Vater! (Fliegt ihm stürmisch um den Hals und wendet sich schnell wieder von ihm. Gottwalt ab.)

Dritter Auftritt.

Dr. Börner. Olga.

Olga. Mehr als sein Leben! Mehr als sein Leben — das ist so viel!

Dr. Börner. O Madonna!

Olga. Sie?

Dr. Börner (sinkt nieder und hebt die Hände zu ihr auf). Mehr als mein Leben!

Olga. Sie weinen? Ich kann keine Thränen sehen — nicht doch! Lassen Sie uns lustig — fröhlich lassen Sie uns sein! Das Leben ist entsetzlich kurz. — Ja, ich bin lustig. Ich möchte lachen, herzlich lachen. (Schreiend.) Ach, ich fürchte mich!

Dr. Börner. Ihr barmherzigen Mächte! O Madonna, was wird aus uns schwankem Menschenrohr, wenn der Schicksalssturm über uns hinbraust!

Olga. Morgen — Morgen schon! Sein Weib ich? o — von ihm geherzt, von ihm geküßt — und dieses Feuer in mir für den Anderen, dem ich mein Wort verpfändet!

Dr. Börner. Und der dessen nicht werth ist!

Olga. Verläumder!

Dr. Börner. Nicht werth ist er dessen!

Olga (zuversichtlich). Er — so hoch und edel! So voll kühnen, hochherzigen Muthes! Denke ich sein, wird mir so froh und leicht. Ich weiß, zur rechten Zeit kommt er zu Hilfe.

Dr. Börner. O Madonna —

Olga. Ihr haßt ihn ja — Ihr Alle, Alle! Der Edle! Mir hat er vertraut, wie er zu kämpfen hat gegen Euch; wie er Euch die Freundeshand bietet — die Ihr, Ihr ausgeschlagen.

Dr. Börner. Der lügnerische Heuchler!

Olga. Pfui!

Vierter Auftritt.

Vorige. v. Flüssig.

v. Flüssig. Neuigkeiten! Neuigkeiten! Guten Abend wünsche ich — Fräulein Olga, das wird Sie interessiren, fabelhaft interessiren!

Olga. Herr v. Flüssig!

v. Flüssig. Sie haben mein Klopfen überhört. Ja, horchen Sie nur auf. Der Herr Redakteur hat natürlich wieder keine Ahnung.

Dr. Börner. Vielleicht —

v. Flüssig. Dann müßte auch das Fräulein davon. Hehehe! Sie verschweigen Nichts, Herr Doktor, Sie nicht!

Dr. Börner. Vielleicht doch, Herr Apotheker, wenn die Neuigkeiten gewissen Ohren unangenehm sind!

v. Flüssig. Unangenehm? Hochinteressant!

Olga. Sie machen mich neugierig!

v. Flüssig. Glaub's! Hehehe! Fräulein von Bergers=
berg —

Dr. Börner (athmet erleichtert auf).

Olga. Was ist vorgefallen?

v. Flüssig. Sehen Sie! Nur den Namen hänge ich
als Köder aus und die Neugier zappelt, zappelt. Ja, hoch=
interessant. Denken Sie — die ist vom Pferde gestürzt.

Olga. Um Gott!

Dr. Börner. Ist sie verletzt?

v. Flüssig. Also wissen Sie garnichts? Nein, das
muß ich ausführlich erzählen. Denken Sie nur, in der Vor=
stadt — ganz, ganz draußen, wo schon Kartoffeln wachsen
und die Häuser nur mehr einzeln stehen, da wohnte ein
Mädchen mit — mit einem Knäbchen, zu dem — Hm! —
der Vater fehlt. Hihi! Der Junge war nun krank und
das Fräulein, nämlich die Bergersberg, die unterstützte das
Mädchen. Nun war sie heute Nachmittag draußen und da
starb das Kind. Dann ritt sie bei mir vorbei und zufällig
stand ich in der Thür. „Denken Sie sich!" ruft sie, „Denken
Sie, der arme Kleine ist todt!" Und dabei stehen ihr ordent=
lich die Thränen in den Augen. Weiß Gott, mir wurde
weich. So! meine ich. Ach — sagt sie — es war schrecklich.
Die flehenden Augen und wir konnten doch nicht helfen.
Schade! sage ich. Und da hält sie noch und streichelt so
den Hals der Stute. Na, ich konnte doch nicht so wortlos
bei ihr stehen bleiben. Wissen Sie schon, sange ich deßhalb
an, er hat sich verlobt?

Dr. Börner. Wer?

Olga. Wer?

v. Flüssig. Ja, so frug sie ebenfalls. Ja, wer? wer?

Dr. Börner. Reden Sie nicht weiter!

v. Flüssig. So? Wo das Beste erst kommt? Also
„Wer?" Na, der Baron von Ernthal —

Olga. Er?

v. Flüssig. Aber was ist Ihnen?

Olga. Nichts!

v. Flüssig. Sie wird kreidebleich — sieht mich blitzend
an — schlägt mit der Reitpeitsche der Stute über die Augen
— das Thier bäumt und — da liegt sie!

Olga. Er! Er! — Mit wem?

v Flüssig. Mit der von Gollnow, der stolzen Puppe.
Na, da liegt also die Bergersberg. Denken Sie sich meinen
Schreck! Sie hat den Fuß gebrochen!

Olga. Entsetzlich!

v. Flüssig. Das war's, ja! Es greift Sie an,
Fräulein, greift Sie an? Hehe! Wir trugen sie in's Haus,
ein Arzt war sofort da — aber — aber!

Dr. Börner. Sie ist todt?

v. Flüssig. I bewahre! Aber ihre Grillen hat sie —
läßt sich vom Arzt nicht anfassen! Hihihi! Denken Sie,
den Schenkel gebrochen — und kein Arzt — hehehe! Das
ist uns noch nicht vorgekommen. Ich will ihr zureden. Soll
ich grüßen? Sie nehmen doch Antheil — nicht? Adieu!
Adieu! (Ab.)

Fünfter Auftritt.

Dr. Börner. Olga.

Olga. Rufen Sie ihn schnell zurück! Rufen Sie ihn.
Er log! Er muß erst sagen, er habe gelogen. Es kann
nicht sein! O! Er? O! — Warum rufen Sie ihn nicht?

Dr. Börner. Er sprach die Wahrheit!

Olga. Die Wahrheit? Er sprach — die — Wahrheit?
Nicht doch! Sehen Sie, ich lächle ja — ich bin ruhig, ge=
faßt! Es ist nicht wahr!

Dr. Börner. O Madonna!

Olga. Nicht wahr! Ich weiß es — aus seinem eigenen
Munde, aus dem ein falsches Wort noch nicht geflossen. Ich
könnte ihm wohl ein Opfer bringen — ein großes Opfer —
aber verlangen — das ist es, fordern müßte er's. Er will
Vertrauen — und das — das habe ich. Ich bin ganz heiter.
So thöricht, gleich zu glauben. Jetzt bin ich auch lustig:
(singt): „Wenn Dir geschenkt ein Röslein was
    So thu es in ein Wasserglas
    Doch wisse — —"
Das Lied endet traurig!

Dr. Börner. Sehr traurig! Armes Kind, welch' ge=
fährlicher Irrthum hält Sie in Banden!

Olga. Ach! — Die Genesung wäre ja tödtlich!
(Sie fällt ohnmächtig Dr. Börner in die Arme).

Dr. Börner. Fräulein Olga! Ohnmächtig wird Sie? Ihr Herz klopft an meine Brust und ruft deren Echo. Kind! Geliebte! O! Ich darf es ihr nie gestehen? Die bleichen Wangen — wie sanft sie sind — und so sammetzart. Die Fülle der Haare — ihr Duft! Einen Kuß — den einzigen. Erwachen Sie! Sie stirbt? Sie schlägt die Augen auf — doch Thränen glänzen an den Wimpern nieder, wie Morgenthau am Wiesengras. Olga, Sie sind krank, recht, recht krank.

Olga. Ich kann nie gesunden!

Dr. Börner. Ihre Glieder sind steif und schwer!

Olga. Wie ein Sarg, darin ein Todtes ruht. Es starb mein Herz . . .

Dr. Börner. Ruhen Sie etwas. Lassen Sie sich führen.

Olga. Sagen Sie Hans, ich darf kein ja für ihn mehr haben — ich habe aber auch kein nein. (Ab.)

Sechster Auftritt.

Dr. Börner.

O Schurke! Mein waldscheues Täubchen so mißhandelt! Waidwund bist Du, schlankes Reh, und flüchtest zu mir, dem schwächsten Freund. Ewige Mächte! die Ihr aus der Erde fruchtbarem Mutterschooß aufsteigt im Frühlingswehen! Die Ihr Lohn und Strafe einsetzt unserer Brust: Nicht das! Genesen laßt sie! Ha! ein Beil! Ein Beil, mit dem ich aufsprengen könnte das Thor der Vergangenheit. Ich forderte ihr Glück von dort. — An ihn, der es ihr nahm! Ha!

Siebenter Auftritt.

Dr. Börner. Ernthal.

Ernthal. Herr Doktor, ich muß Sie sprechen!

Dr. Börner. Sie kommen zu recht gelegener Zeit!

Ernthal. Ihre Worte von heute Vormittag — sie waren doch nicht Ihr Ernst?

Dr. Börner. Haben Sie mir sonst nichts mitzutheilen?

Ernthal. Es muß zwischen uns einen Weg zur Verständigung geben?

Dr. Börner. O ja! Einen solchen Weg kenne ich allerdings — zur Verständigung — aber nicht mehr zum Mandat!

Ernthal. Sie meinen —?

Dr. Börner. Um das gut zu machen, was Sie hier schandvoll verschuldet.

Ernthal. Ich muß das Mandat erringen! Sie vergessen meine Lage, — die Unmöglichkeit eines Verzichtes.

Dr. Börner Nein! Ich kenne Sie völlig. Haha! Mein Herr Baron — Einer von uns. Einer — oder Beide. Hüten Sie sich vor dem Dr. Börner; er ist auf dem Wege eine Fälschung aufzudecken! (Ab.)

Ernthal. Doktor, bleiben Sie! — Schuft! — Er sah nach dieser Hand? . . . Mir ist, als lägen Jahre zwischen Nacht und Abend. Vorbei das Tändeln, vorbei Lust und Gedanken daran. Du letzter Schauplatz holder Thorheit! Dort —! Es war Wahnsinn! O! blinde Raserei! Ihre Folgen erdrücken — (sich aufrichtend) wenn sie nicht abgewendet werden. Dieser Börner wäre unbeugsam? Sei es! Ich muß Gottwalt zwingen, — mit allen Mitteln! Kühn und fest, so giebt er nach!

Achter Auftritt.
Ernthal. Gottwalt.

Gottwalt. Hier herein? Potz Wetter! Wie kommen Sie in dieses Zimmer?

Ernthal. Ihr Diener meinte, Sie seien hier zu finden.

Gottwalt. Ich — hier? In meiner Tochter Zimmer mache ich keine Geschäfte ab!

Ernthal. Dann schelten Sie Ihre Leute, die mich hergewiesen!

Gottwalt. Und was wollen Sie?

Ernthal. Nur eine Kleinigkeit, nicht mehr als Ihr Wort! Und Ihr Ja und Nein ist eine Wetterfahne — jeder Hauch eines Grundes stimmt Sie ja um!

Gottwalt. Reden Sie deutlicher. Mir däucht, Sie haben wenigstens den Schein für sich!

Ernthal. Das Recht — nicht nur den Schein! Zum Gespött des ganzen Wahlkreises macht man mich. Weshalb? Um mich leicht abzuthun. Ich verstehe die Haltung! Schon ist die Stadt erfüllt mit erniedrigenden Gerüchten und ich glaube, hier ist deren Geburtsstätte. Unerhört! Heute Morgen schicken Sie mir Ihre offene Zusage und am Nachmittag schon agitiren Sie heimlich wider mich.

Gottwalt. So ist meine Art nicht. Trete ich gegen Sie auf, geschieht es öffentlich.

Ernthal. Eine eigenthümliche Sprache, die es Sie beliebt, gegen mich zu führen. Mein tolles Leben —

Gottwalt. Nicht das allein betrifft es mehr.

Ernthal. Vorwürfe, die ein ehrlicher Mann unter=drücken sollte, weil das Beweisstück ohne meine Schuld ver=loren ging. Ich bin kühn — meine Lage entschuldigt aber diese Kühnheit. Sie selbst trugen ja bei, mich in diese aus=wegslose Enge zu drängen. Sie lasen das Dokument meines todten Freundes . . . Soll ich untersuchen, was den Sekre=tär darauf so kopflos in's Wasser brachte? Sie ließen mich danach Ihrer Unterstützung vergewissern. Und nun? Alle Welt hofft, meine Kandidatur in Ihrem heutigen Blatte empfohlen zu sehen — aber nicht eine Zeile darüber enthält es. Meine Freunde eilen zu mir — jeder ist empört — und, bei Gott! auch die Eisflüssigkeit in meinen Adern beginnt zu sieden. Mögen Sie es denn wissen: ich beanspruche Ihre Unterstützung als ein Recht, das mir nunmehr werden muß. Ich verlange ein bindendes Versprechen von Ihnen selbst, oder — beim Allmächtigen! Ich zwinge Sie!

Gottwalt. Ho! Ho! Zwingen? Mich zwingt nur Eines, junger Mann — meine eigene Ehre, wie sie besteht und bestand im Kampfe um's allgemeine Beste!

Ernthal. Und wenn ich ein Mittel besäße, Sie trotz=dem zu zwingen?

Gottwalt. Verschonen Sie mich mit Phrasen und De=klamationen.

Ernthal. Ohne das Mandat bin ich für alle Zeit ver=nichtet. Steht nun mein Ruf und meine Ehre auf dem Spiel, welchen Grund habe ich, die Anderer zu schonen?!

Gottwalt. Thun Sie das, wie Sie wollen. Unsere Unterredung ist wohl zu Ende!

Ernthal. Mir das?! . . Eine Stelle gibt's an der jeder Vater verwundbar ist!

Gottwalt. Herr Baron. —?

Ernthal. Kennen Sie dies Portrait?

Gottwalt. Olga's Bild? In solcher Hand wird das fleckig! Wie kommen Sie zu dem Bilde?

Eruthal. Je — errathen Sie?

Gottwalt. Was will Ihre Miene, was das verfluchte Achselzucken? Herr? — Gegen mich thun Sie, was Ihnen beliebt. Mein Kind lassen Sie. Was soll's also? Schnell! — Mein Blut kocht leicht und ich weiß nicht, was mein grauer Kopf dann thut.

Eruthal. Nun, Ihre Tochter schenkte mir dies Bild!

Gottwalt. Und? Was denn?

Eruthal. Gestern Nacht!

Gottwalt. Auf dem Balle?

Eruthal. Dort!

Gottwalt. . . . . Solche Lüge! Pfui! Mein Kind und —? Sehen Sie, meine Hände sind fest; sie zittern nicht vor Aufregung. Blicken Sie mich nicht höhnisch an! Nein, sage ich, nein! — In ihr Gesicht müßten Sie es wieder= holen! Solche Lüge! Solche Lüge! — Olga! — her= kommen!

Neunter Auftritt.
Vorige. Olga.

Olga. Vater . . .

Gottwalt. Der Herr dort —

Olga (in schnellem Entzücken). Vater! Ach! Ich liebe ihn!

Gottwalt. Doch?

Olga. Erbarmen!?

Gottwalt. Mein graues Haupt mit Schmach bedeckt!

Olga. Mein lieber, liebster Herzensvater — nur ver= stoßen thu' mich nicht.

Gottwalt. Ein Leben der Ehre — die Schande im Alter. Wo ist die Stelle, da mein Grab gegraben? Hin= gehen will ich und mich sterbend betten!

Eruthal. Schonen wir den Ruf Ihres Kindes!

Gottwalt. Eine Dirne!

Olga (erstaunt). Vater?

Eruthal. Seien Sie klug! Meine Bedingungen errathen Sie? Ich schweige — auf Ehrenwort — über Alles! Nie= mand erfährt davon.

Gottwalt. Ein Gefäß waschen Sie, eine Seele behält den Fleck. Ein hungriger Wolf fraß an dem Körper, da er kaum reif ward — einem Buben fiel er zur Beute!

Olga. Vater? Wir lieben uns ja! Baron, macht es

5*

Ihnen denn Freude, mich zu martern? Nur menschlich — menschliche Prüfung! Sie sind gekommen weil Ihre Liebe ehrlich war? — Er schweigt!

Gottwalt. Sein Wort gehört einer Anderen!

Olga. Ach! — — Nein! Vater, es kann, das darf nicht, darf nicht mehr sein. Bei dem Vertrauen, das Sie so stürmisch verlangten — bei der ewigen Liebe, die wir einander zugeschworen — bei der Hingabe — — — — Aus Ihrem Mund muß ich es wissen?

Ernthal. O!

Olga. Ach! — Elender Mensch!

Ernthal. Im Taumel einer leichtfertigen Stunde —

Olga. O mein Gott! O Du ewiger Richter!

Gottwalt. Verfluchter Lüstling! Schurke —

Olga. Ich kann nicht mehr leben! Ach! nun muß ich in den frühen Tod!

Gottwalt. Und Du, Dirne? Hans soll Dich zum Brautbett führen?

Olga. Mich ekelt — vor der Schande!

Gottwalt. Ha! Sie spricht es noch aus: „Schande!" Nur Luft! Mit diesen altersdürren Händen an ihren Hals!

Ernthal. Schonen Sie ihrer! Ueberlegen Sie —

Olga. Rühr' mich nicht an, Vater!

Gottwalt. Mir drohen? Die will mir noch drohen? — Zurück!

Ernthal. Bedenken Sie!

Gottwalt. Ho! Ho! Du bist verstoßen!

Olga (schon auf dem Balkon). Ich muß ja in den Tod! O, Vater!

Gottwalt. Lassen Sie mich los! Aus meinen Augen!

Ernthal. Bleiben Sie doch ruhig!

Gottwalt. Ho! Ho! Verflucht, sage ich. Die Hand — fort! — wider den eigenen Vater!

Olga. Verzeihung! (Springt hinab.)

Ernthal. Verdammt!

Gottwalt. Kind? Nicht! Nicht! So still Alles? Himmel — hinab zu ihr! (Ab.)

Zehnter Auftritt.
Ernthal.

Ernthal. Wie kam das? — So ist auch dieser Plan zertrümmert? So war mein Einfluß nur erträumt? Er

schwand, bevor er nutzbar wurde. Ha! — (Ueberlegend.) Und
auf solcher Untiefe weibischer Uebereilung, auf dem Felsen
väterlicher Starrheit soll mein Lebensschiff festsitzen? — Nein!
(Entschlossen.) Ich muß neue Wege suchen, frische Waffen
schärfen. Sonst! — Man schleppt sie her? Kann ich ent=
rinnen?

Elfter Auftritt.

Gottwalt trägt die ohnmächtige Olga herein. **Ernthal.**

Gottwalt. Tochter! schlägst Du die Augen nie wieder
auf? Arges Kind, so mißverstandest Du mich? Hier bette
ich Dich auf den harten Boden. Lebe! Lebe doch nur! —
Ihr Herz schlägt — ich fühle den Puls? Hilfe! Einen Arzt!
(Erblickt im Abgehen Ernthal.) Dein Werk, Du Verruchter! (Ab.)

Zwölfter Auftritt.

Olga. Ernthal.

Ernthal. Ha! Mein Plan war anders! — Dies
romantische Ding! — Meine Berechnung ist ausgewischt!

Olga. Ist das noch Leben? Träume ich blos?

Ernthal. Noch wandeln Sie den Dornenpfad der Erde!
Der Streich war dumm, sehr dumm!

Olga. O! Mir schmerzt die Brust! Ach! Etwas Wasser.
Es ist so dunkel um mich!

Ernthal. Nur Schwäche — Ohnmacht — weiter nichts!

Olga. Wo ist mein Vater?

Ernthal. Er verließ Sie —

Olga. Verlassen? Ich habe ihn sehr gekränkt! Wird
er mir jemals verzeihen?

Ernthal. Weinen Sie nicht, Olga! (Zu ihr niederknieend.)

Olga. Und Niemand um mich? Ach — ich — kann
mich nicht erheben. O sterben — so jung — o, mein Lebens=
ende. O der Tod —!

Ernthal. Fassen Sie sich doch, liebe Olga! Es wird
nicht schlimm sein!

Olga. Geliebter! Verlasse Du mich nicht! Verzeihe
mir, Gott! Mein Herz schreit nach ihm! So früh zu sterben.
Ich will es nicht! Noch nicht! Nur ein — ein kurzes Jahr!

Eruthal. Sie werden leben, Theuerste!

Olga. Ach — jetzt! Der Tod streckt meine Glieder! (Hebt sich auf.) Du nimmst mir die Hoffnung nicht, daß Du mich geliebt? Ein Wort — kein letztes Wort für mich?

Eruthal (schlägt stöhnend die Hände vor das Gesicht).

Olga. Ach! (Sinkt sterbend hin.) Ah!

Eruthal (aufspringend). Dieser Schrei? Todt! Sie störte meine Pläne! Ihre glanzlosen Augen bohren sich anklagend in meine Seele . . . Ich Thor! Ein todter Körper — sonst nichts . . . Das sind die frischen Erdbeerlippen, die mich gereizt — bleich und fahl! So trübe und starr — so ganz ohne Ausdruck die Augen, die voll Anmuth, voll Schalkheit blitzten. Die schönen Glieder — welk, todesstarr — und schwer. Und das war Jugend? Und alle „Poesie" der Liebe umglänzte sie! So geht's auch mir einmal! So blaß und starr —? Man sagt, die frischen Wundkanäle fangen an zu fließen, wenn ihnen der Mör — der ·Mörder naht? Was bleibe ich fern? Preßte ich sie nicht mit diesen Armen an mein Herz, da sie lebte? Wahnwitziger Glaube! Ich trete näher — wo rinnt ein Purpurbach am Boden? Ich kniee her (Indem er es thut, löst sich der Arm der Todten und fällt schwer zu Boden.) ich — ah! Hölle! War's ein Zeichen aus einer anderen Welt? Suchen ihre Augen mich? — Die entsetzens= starren Augen! Ich kann nicht bleiben. Es schwebt etwas wie Geist hier und umweht mich mit geheimnißvollem Flügel. (Nähert sich ihr wiederholt.) Keinen Abschied! Sie verfolgt mich! Hinweg! (Er drückt die Hände vor die Augen und stürzt entsetzt ab.)

Dreizehner Auftritt.

Gottwalt. Der Leichnam.

Läuft der fort? Tochter! — Noch kein Arzt? Todt? Du belügst Deinen Vater. Nicht der Tod darf die Kälte sein — nur Ohnmacht erstarrt Deiner Glieder junge Pracht, macht Deine süßen Augen so gebrochen. Todt? Doch todt? Sie lügt nicht? Oh! Du alter Mann, das ist Reich= thum, Ehre, Dein süßes Vaterglück! Dein Alles! Da auf dem kalten Boden — kalt und ausgestreckt — vom Tod! — [(Unten beginnen die Freunde das Ständchen. Untergang der Winter= sonne. Abendläuten.)] Um Deinen letzten Blick bestahl er mich! Er faßte den Reichthum Deines Herzens nicht. Lasse mich

die Decke ziehen über die müden Augensterne — die sehen
niemals mehr! Niemals? O! — Gesang? Hört doch auf!
(Vom Balkon rufend.) Freunde — stille! Kommt herauf, kommt!
. . . . Wie sie es tragen werden!

Letzter Auftritt.

Vorige. Dr. Börner. Nortau. Pautzer. Littmann.

Nortau. Wo ist sie, Vater? Sie zeigt sich ja nicht?

Gottwalt. Da — ich kann nur schweigen!

Dr. Börner. Madonna? (Sinkt laut schluchzend an der Leiche
nieder.)

Littmann. Todt? Das holde Mädchen?

Pantzer. Die schöne Leiche!

Littmann. Welcher Sturmwind mußte brausen, die
Knospe schon zu brechen?

Nortau (der in schweigendem Entsetzen mit einem Strauß
dagestanden). Ach — Freunde! Freunde! — Ein häßlicher
Traum! Wache ich denn nicht auf? Nein, das ist — Wahrheit! Wahrheit! Mein Mädchen — so starr — o wie
stumm Du geworden bist?

Dr. Börner. O Jammer, nicht zu tragen! Brich doch
mein Herz! — Die Erde ist jetzt leer!

Gottwalt. Ohne Abschied, so stahlst Du Dich hinweg!

Nortau. Diese Blumen — meine Braut gedachte ich
zu schmücken. Ich streue sie, ich will Dich ehren mit, Du
süße Todte Weiße Rose auf's Haupt; Immergrün auf's
stille Herz; die frühen Veilchen auf die Augen; Schneeglöcklein
dem Busen — ach! Deines Glückes Blumen starben alle,
alle vor der Blüthe. O mein Mädchen, Du süßes, todtes
Lieb! (Haucht der Todten einen Kuß auf den Mund.)

Pantzer. Sie sieht so lieblich aus!

Littmann. Aber wie geschah dies fürchterliche Unglück?

Dr. Börner (mit fast kindlichem Ausdruck). Unfertig hat sie
vollendet — eine Melodie, die schön begonnen, doch nicht zu
Ende klingt. Unser Ohr horcht auf die folgenden Töne —
es horcht — und keiner erschallt — keiner. Nie wird unsere
Sehnsucht gestillt!

Littmann. Was hat sich hier nur Unsagbares ereignet?

Dr. Börner (verändert). Hier geschah eine That, die
Rache schreit! Du stummer Mund sprichst zu uns. Wir

hören Dich! Ja! Keine Thräne falle mehr, bis nicht der Mörder seine Strafe fand.

Nortau.
Littmann. } Der Mörder?
Pautzer.

Littmann. Welch' fürchterliche That!

Nortau. Wer?

Dr. Börner. Ernthal von Molkenthin ist schuldig an diesem Ende. Ihr sollt Alles wissen. (Weinend.) O! du so früh verschiedener Engel! (Dumpf.) In meiner Brust spricht nur noch eine Stimme und die ruft „Vergeltung!" Wollt Ihr Euch mit mir der Rache weihen?

Alle (ohne Gottwalt). Wir wollen es!

Gottwalt (zusammenbrechend). Mein Kind! O mein Kind!

Dr. Börner. Vergeltung hierfür! In seinem Innersten, in seinem Schein von Ehre und in's Herz treffe ich ihn. Ja, ich greife schon nach dem Pfeil, der ihn durchbohren wird.

— ❦ —

Fünfter Aufzug.

Schauplatz wie im zweiten Aufzug, doch etwas mäßiger beleuchtet. Im Saale tafelt noch die Hochzeitsgesellschaft. Sobald der Vorhang aufgezogen, hört man einen Toast ausbringen, den die Musik mit einem Tusch begleitet.

Erster Auftritt.

Diener eilen mit Flaschen, Schüsseln, Eiskühlern ꝛc. über die Bühne. Einige stehen und disputiren.

Erster Diener. Basta! sage ich. Basta! Bringt Wein — immer mehr!

Zweiter Diener. Noch mehr? Die halbe Gesellschaft ist ja schon — hui! — weg!

Dritter Diener. Ja, sagt mir nur, warum?

Zweiter Diener. Unser Herr soll —

Erster Diener. Willst Du schweigen!

Zweiter Diener. Na, na, na! Das pfeifen die Spatzen von den Dächern!

Dritter Diener. Ja, die in der Stadt, die erzählen gruselige Dinge! Habt Ihr's nicht gehört, was der Kutscher von der Gräfin, von der Ernthal=Pörnbach erzählt?

Zweiter Diener. Von seiner Tante? Ja, Du, warum ist denn die so schnell aus dem Haus?

Erster Diener. Basta! Ich sage „schweigt!"

Zweiter Diener. Jawohl! Schweigt! Glaubt Ihr denn, daß unser Baron gewählt wird?

Dritter Diener. Der? Sie stellen ihn nicht einmal auf!

Erster Diener. Bringt Wein — macht! Und hütet Eure Zunge, das sage ich! Unser Herr hat eine der schönsten Damen der Stadt geheirathet — aus einer uralten Familie. Basta! (Ab.)

Zweiter und dritter Diener (lachend). Basta! (Ab.)

Zweiter Auftritt.

Panther. v. Flüssig. Aufbrechende Gäste eilen über die Bühne.

v. Flüssig. Komm nur, komm! O Du! In einer Viertelstunde ist kein Mensch mehr hier. Alles bricht auf — Alles läuft davon!

Panther. Du, das finde ich Unrecht!

v. Flüssig. Papperlapapp! Dort wollen wir hinaus!

Panther. So sage nur, was ist denn geschehen?

v. Flüssig. Hehehe! Es kommt manches an's Licht und spricht sich herum — sst! Schnell wie der Wind — wie der Wind! — Ein kluger Mann salvirt sich. Komm.

Panther. Aber

v. Flüssig. Du Dummkopf, hast Du nicht gehört, was man in der Stadt erzählt und sich dabrin von Ohr zu Ohr tuschelt? Hehe! Die noblen Gäste! Die! — Ruinirt ist der Baron — vollständig ruinirt! — Hui! — Eine vornehme Hochzeit — Hehe! — Gestern der Pump — heute der Pomp und morgen der Bankerott. Seine Kandidatur ist futsch — ah! Dr. Börner, der hat gearbeitet! O Du — der! Einen Freund nach dem andern hat er ihm entfremdet, immer mehr Stützen weggenommen und nun — heute, bei der Hochzeit — nun bricht dem sein Kartenhaus zusammen.

Hei! Wie das kracht! Komme — morgen kann es Dir schaden, hier getroffen zu sein. Komm'!

Panther. Der Truthahn war so fein — aber mir hätte kein Bissen mehr geschmeckt!

v. Flüssig. He—he—he—he—! Glaub's! Glaub's! Glaub's! (Alle ab.)

Dritter Auftritt.

Ada.

Die finstere, starre Nacht dort draußen! Noch schläft die Natur. Bald weht der Südwind — Sanft schwillt dann den Strauch, die Rebe — Knospen werden, und in Pracht und Duft grüßen tausend Blumen die Welt. Mein Herz grüßt kein Frühling mehr — unheimliche Wünsche birgt es, die niemals — niemals reifen mögen. Wo berge ich mich, daß mich der neue Tag vergebens sucht. Christus — das Brautbett — oh! Woran mahnst du Ring an meinem Finger? Ich falle, wissend, ohne Halt und Schutz, weil ich nicht anfangs widerstrebt. Ich weiß es. Und doch erfüllt mich Wuth und Verzweiflung! — Gegen mich, mich muß ich wüthen. Mein Mund, er sprach das „Ja" — der Himmel, der starr und ewig theilnahmlos dort oben hängt — er schweigt zu unserem Schicksal ewig. Ich schwur den Mein- eid — weil ich bebte vor der Armuth. In mir schrie es nach Leben, Herrschaft, nach Genuß und Freiheit. Dafür ward ich meineidig. Nun bin ich durch diesen Goldring hier gekettet — an ihn, der mich mit mitleidslosem Arm umfängt, der mich zum Eigenthum erworben! Oh! Wo verbergen vor dem nächsten Tag?

Vierter Auftritt.

Ada. Dr. Börner.

Dr. Börner. Mein gnädiges Fräulein — Frau Baronin muß man wohl jetzt sagen?

Ada. Wie kommen Sie noch zu uns?

Dr. Börner. Ich schlich mich herein, und fand keinen Diener, der mich melden konnte — da ich Allen sorgsamst aus dem Wege ging!

Ada. Was wollen Sie?

Dr. Börner. Sie! Für Ihres Mannes Freund gelte ich wahrlich nicht. Und ich meine, ich komme im rechten Augenblick, eine Rakete gegen Ihr Herz los zu schießen. Ein schlechter Beobachter bin ich, wenn die nicht Zündstoff dort finden wird und rasend weiter frißt.

Ada. Was wollen Sie in solcher Stunde?

Dr. Börner. Eine Wand thürmen zwischen Sie — und dem Brautbett, gnädige Frau! Ich wählte diese Stunde. Ich habe auf sie gewartet in brennender Sehnsucht — er=bettelt habe ich sie vom Schicksal als eine Gunst, die es mir schuldig war nach so viel Leid.

Ada. Kommen Sie zur Sache!

Dr. Börner (sich verbeugend). Gut! — — Ihr Gemahl ist ein Elender!

Ada. Er ist mein Gatte.

Dr. Börner. Deshalb beklage ich Sie!

Ada. O! —

Dr. Börner. Lassen Sie mich den Beweis bringen. Ich komme von einem kleinen Hügel auf dem Friedhof. Olga Gottwalt schläft darunter.

Ada. — Die kam ihm entgegen!

Dr. Börner. So unglücklich war sie, ihn zu lieben! Ihr Herz brach und schlummert früh in kalter Friedhofserde. Still von ihr. — Das Vaterland braucht getreue Berather — jetzt vielleicht treuere, als jemals sonst! Ihr Gemahl suchte sich in das Vertrauen der Wähler zu schmeicheln, nicht aus Liebe zur Sache, aus Lust am öffentlichen Wirken — nein! — um eigensüchtige Zwecke zu verfolgen. Er stand vor dem Ruin, nachdem er seiner Väter Reichthum tobend verpraßt. Er strebte nach Einfluß und Stellung um persönlichen Vor=theils willen. Als Mittel diente eine Fälschung.

Ada. Verleumder!

Dr. Börner. Er wirbt um eine Dame. — Da diese sich ihm nicht bald ergibt, ist er entflammt, ist rasend und erlangt die Unterstützung des Vaters. Und das Mittel hierzu — — ? Es war Kauf!

Ada. Kein Wort mehr!

Dr. Börner. Der Vater ist ein Spieler. Um Spiel=schulden also — unbezahlte Ehrenscheine, die zerrissen werden, nachdem die Tochter „ja" sagt.

Ada. Genug! Genug.

Dr. Börner. Die Kette dieser Thaten schließt sich. Die zerrissenen Ehrenscheine brauche ich nicht, — die sollen mein Hochzeitsangebinde sein — ein Andenken an Ihren Papa, meine Gnädigste!

Ada. Papas Handschrift?

Dr. Börner. Ich habe noch ein hierher gehöriges Geschäft von besonderer Bedeutung — unten am Flusse. Sie geben mir dazu Urlaub, gnädige Frau? (Ab.)

Ada. Verkauft also? . . . . Erst muß ich sie Beide befragen!

Fünfter Auftritt.

Vorige. Ernthal. Diener beginnen Lichter auszulöschen.

Ernthal. Löschen Sie die Lichter nicht aus — zünden Sie neue an. Ich will Licht um mich haben. Dort ist noch Schatten — ein Licht — dorthin, schnell! So! — Warum zittern Sie denn mit der Hand?

Erster Diener. Ich?

Ernthal Was blicken Sie auf meine Finger?

Erster Diener. Ich sah doch gar nicht hin.

Ernthal. Sie lachen auch über mich — hinter meinem Rücken! Schon gut; ich weiß es. — Was sind das für Fackeln am Flusse?

Erster Diener. Das Eis ist fort. Nun suchen sie nach einem Ertrunkenen!

Ernthal. Wer ist der Gesuchte?

Erster Diener (zuckt die Achseln). Der Dr. Börner ist dabei. Da werden sie nun wohl den Herrn Iwanow auch finden.

Ernthal (für sich). Nur Fassung! Ich muß mich beeilen! (Laut.) Lassen Sie uns allein! (Diener ab.)

Sechster Auftritt.

Vorige, ohne Diener.

Ada (will fort). Die Gesellschaft —

Ernthal. Es sind nur wenige mehr da. Ich hätte gewünscht, Du wärest mit gewissen Herren freundlicher gewesen.

Ada. Ich ertrage Dein stetes Schulmeistern nicht.

Eruthal. Wo so viel auf dem Spiel steht!

Ada. Man hatte es eilig, uns allein zu lassen.

Eruthal. O wären wir es doch schon! Mein Sehnen ist zu errathen. Du, Du bist ja das Einzige was ich vom Schicksal ertrotzt. Alles Andere hat man kläglich vereitelt.

Ada (will ängstlich fort). Ich muß den Vater etwas fragen!

Eruthal. Bleibe! Er hält die Bank. Und verliert und flucht!

Ada. Obgleich er uns feierlich versprochen —?

Eruthal. Spielerwort! Leicht gegeben — leichter ge= brochen. Was ist denn das?

Ada. Wo?

Eruthal. Sieh doch! (Vordringend.) Wer ist dort?

Ada. Dein Auge starrt völlig in's Leere!

Eruthal. Wirklich? Wem winkt nur der schreckliche Arm? . . Wem gilt denn das? . . . Hörtest Du den Schrei? Dort — auf dem Boden! Sieh' nur hin. Der Tod streckt ihr die jungen Glieder. Der Arm — o — der Arm! — Da — wie er auf dem Boden schleift. Horch nur — ganz deutlich — da! Er pocht wie aus dem Grabe hervor.

Ada. Was ist Dir plötzlich?

Eruthal. Nein, so deutlich! Sieh' doch nur 'mal hin!

Ada (faßt ihn am Arm). Bist Du krank?

Eruthal. So deutlich!

Ada. Eruthal!

Eruthal. Verzeihe! Ich träum — träum — träumte wohl?

Ada. Du träumst noch!

Eruthal. Ich —? Verzeihe! Was sagst Du? Dein Vater! Er spielt — das willst Du wissen?

Ada. Du bist krank!

Eruthal. Krank? . . . . (Schüttelt den Kopf.) Wäre ich's, die Stunde macht gesund! Was ich aus meinen Niederlagen gerettet, was mich aufrecht erhält trotz der erbarmungslosen Vergeblichkeit aller Schritte: Du bist es! Mein Glück! Du erzitterst? Vor mir? — — Ada, Du bist Weib — mein bist Du. An mich presse ich Deinen Körper und ersticke Dich in meiner Küsse süß aufflammende Gewalt!

Ada. Lasse mich los!

Eruthal. Noch?

Ada. Verwegener Du!

Ernthal. Du! — — Nicht eine Freiheit all' die Tage er=
laubtest Du — nicht Eine!

Ada. Freiheit? Habt Ihr meine Freiheit anerkannt?
Habt Ihr mich zum Altar nicht gezwungen? Eine Stahlkette
schmiedetest Du aus einem unbedachten Wort. Daran hieltest
Du mich fest — wider meinen Willen.

Ernthal. Ada!

Ada. Wider meine Bitten. Hier beschwor ich Dich.
Hat ein Wort nur an Dein Herz gerührt?

Ernthal. Da mich Alles verließ, sollte ich das Letzte
freigeben? Du weißt nicht, mit welcher Siegermacht mich die
Liebe bannt. Laß den mädchenhaften Trotz.

Ada. Mein Vater!

Ernthal. Ada! — Die Unnatur dieser Ruhe kostet mir
Ungeheures. . . . . Vor dem Altar stand ich mit Dir —

Ada. O!

Ernthal. Und habe das Recht, zu zwingen, wo ich
noch bitte — flehend bitte, weil ich Dich liebe — liebe mit
allmächtiger Gewalt. Erhöre also das Fordern meines un=
gestümen Herzens. Denn aus Liebe umwarb ich Dich!

Ada. Erbärmliche Lüge!

Ernthal. Weib?

Ada. Ja! — Sieh!

Ernthal. Die Zettel?

Ada. Ah — Du erkennst sie? — Verkauft also?
Umnarrt — umlogen!

Ernthal. So ist Alles, Alles hin. — Spricht Dir im
Herzen keine Stimme? . . . Kein Wort? Kein Blick? . . .
Soll ich so erbärmlich —? Ah, ein junges, himmlisch=schönes
Weib . . . Weil ich Dich liebe, zwinge ich Dich! — Das
Brautbett wartet! . . .

Ada. Dorthin reicht meine Liebe nicht.

Ernthal. Kann denn Gluth nicht Wärme in Dir
wecken? . . . Ich will leben — leben will ich — und jetzt
beginnen! Was mir bisher Glück geschienen, das war Alles
eitel, nichtig, schaal. Hier, hier — bei meiner Gattin —
sollen mir wahre Freuden erblühen. — Ich griff bisher nach
jedem Becher der tollsten Lust, und ehe er leer war, suchte ich
schon mit gierigen Blicken den anderen. Berauscht waren
meine Sinne — nie ersättigt, und mein Begehren schlief nie=
mals. Menschen als ihr eigenes Eigenthum zu achten —
wo sollte ich denn das lernen? Schon als Kind umwob mich

der Reichthum mit zauberhaften Fäden und schied mich von anderen Menschen ab. Jedes Begehren fand Erfüllung, der Zweifel ward weggespottet. Endlich ekelt mich diese aus=geschmückte, öde Leere übersättigt an — mein Ehrgeiz erwacht. Ich stellte mich der Regierung zur Verfügung. Kurz vorher erst lobte man mich überschwenglich, weil ich dem Staat einen kleinen Dienst erwiesen. Jetzt aber, im Ernste, versagt man mir trotz meines Ranges, meines Adels jene Stellung. Ver=schmäht ward ich — ich! Mir blieb die politische Arena. Was sind mir die Parteien? Oder ihr tägliches Gezänk? Aber einen Schemel brauchte ich zur künftigen Größe, zum erträumten Glück!

Ada. Betrogene Betrügerin! Auf Falschheit bautest Du Dein Glück; leichtfertig, wie er war, bricht unser beider Bau zusammen. Ich, Thörin! stürze unter seine Trümmer. Ach, nun ich endlich klar sehe, ahnt mir unser ganzes Schicksal! (Erneuter, stärkerer Lärm vom Flusse herauf.)

Ernthal. Hörst Du das? Am Flusse — Alles rennt in einen Haufen zusammen — die Fackeln ballen sich zu einer einzigen Flamme —

Ada. Was ist Dir?

Ernthal (ausbrechend). Man hat Iwanow gefunden; auf seiner Brust aber — (Für sich.) Stille! (Laut.) Würdest Du mit mir reisen — gleich? Laß' Dich loslösen von Allem, was Dich hier umgiebt. Nimm meinen Schwur: Ich will leben — für Dich nur, für Dich allein!

Ada. Jene Zettel trennen uns!

Ernthal. Heißgeliebte! Hier ist der Tod für mich — das Leben lockt sonnig überall! Erblickst Du in meinen Zügen nicht die Wahrheit? Geh' mit!

Ada. Nein!

Ernthal. Uns bliebe nichts zurück. Diese Cassette, sie ist voll gefüllt — Gold und Juwelen noch die Fülle, das Leben neu zu beginnen. Sieh' her! Das lockt, das lacht, — es will uns in die Ferne. — Welch' süßer Tag ist es. Der Sonnenschein ruht auf dem weitmurmelnden See. Wir stehen am Ufer. Der blonde Knabe bei uns ist der Erste! Wie er den Lockenkopf in Deinen Schooß birgt. Es kommt die Dämmerung — der Abend bringt frohe Gäste . . . Laß die Perlen, dieses blitzende Geschmeide erst Dich schmücken! Sei Du ein Weib; sprich, ob das nicht lockt?

Ada. Nah'st Du mir wieder?

Ernthal. Ich will nur Dir gehören, Dir dienen, so lange Athem in dem Körper. Reizt es Dich nicht, dies stolze Eigenthum? .... Wo fern das stille Indien ladet zum Ver= weilen —

Ada. Nein! Nein! Niemals mehr!

Ernthal (dem die Cassette bei Adas heftiger Abwehr entfallen). Ja, so rolle dumpf nur auf den Teppich — mein rundes Glück rollt dahin wie Du!

Ada. Trug waren Deine stolzen Worte — und wie die ersten trügen diese!

Ernthal. Ein Meer voll Liebe fluthet mir im Herzen; entschuldigt ist mein Thun durch sie und (schmerzlich) ich bereue!

Ada. Nur was Du gekauft nehme ich wieder!

Ernthal (groß). Dich ruft die Pflicht! Dem Manne folge die Frau — in Noth und Elend!

Ada. Wenn Liebe sie dem Gatten einte!

Ernthal. Erkauft — wenn Liebe sie dem Gatten eint? Sie verläßt mich! — Die zarte Blume „Liebe“ fand in ihrem starren Herzen nicht Wurzel! Ich ward ein einsamer Mann. Doch meiner Thaten Saat schießt üppig in's Holz und das Schicksal schneidet Ruthen daraus!

Ada. Was hast Du vor?

Ernthal (mühsam, verändert). Ich war recht ungeberdig; wir Kinder, uns den Tag so zu verderben.

Ada. Was sinnst Du?

Ernthal. Mir kommt meine gute Laune zurück — zur rechten Zeit! Nur schmerzt es, den schönen Tag so zu be= schließen. Wie Du schön bist im weißen Brautkleid — be= rückend schön, berückend eigensinnig auch. O ich bin stolz auf diese Schönheit — und klage an den Eigensinn! So zärtlich schmiegt sich Dir jenes Band um den Arm. Wär ich doch der schmale Reif! .... Ich war recht häßlich vorhin — ver= zeih'st Du mir?

Ada. Ich verstehe Dich nicht!

Ernthal. So rufe den Papa — willst Du?

Ada. Da Du es wünschest — ? (Zögernd ab.)

Siebenter Auftritt.

Ernthal.

Wohl! Nun kann ich Geister rufen, die mich führen — in das unbekannte Land .... „Seid Ihr?“ ....

Mein Lachen hallt abscheulich von den Wänden. Kein
Pakt läßt sich mehr schließen. — „Meine Seele gilt's!" —
O ich bin längst seelenlos! Ruhe durch Ada ersehnte ich —
auch dieses Hoffen trog! Der Strom des Lebens hat mich
bewältigt; in seine Richtung zwingt er jeden Willen — in
diese Allgemeinheit zwängt er mich, der ich zu widerstehen
gewähnt. Ja, wer voll Selbstsucht schwimmt wider den
Strom dessen, was der Menschheit frommt, versündigt sich am
Leben und geht unter. Also unterlag ich. Nun denn: hinab
in's Dunkel! Wenn wir scheiden, schließen wir des Geistes
Thore und sterben ganz in uns hinein. Diese Augen, diese
Ohren — — alle Sinne, die uns die prangende Welt dort
draußen vorgaukeln und den Himmel mit den Stümpchen
Licht, die wieder Welten sind, wie unsere Welt — wir ziehen
sie ein, gleich Außenposten — alles ist dann weggewischt.
Alles! Keine Zeile bleibt von der vollbeschriebenen Tafel des
Bewußtseins. Dennoch: Das bleiche Beben steht vor der un-
entgehbaren Pforte, die breiten Eingang, doch keinen Rückweg
zeigt!

Das Glas halbvoll — so. Der Trank, er stillt den
Drang auf ewig — bald sollst du nicht mehr drängen, schlechtes
Herz.

Wenn ich es hebe — es an die knirschenden Zähne
bringe — ? Hier soll ich im letzten Zucken — vor ihr —
wie Olga — ? Nein! Nein! Nein! (Der Lärm ist näher gekommen.) So nahe seid Ihr? Hier, den Revolver — nun
denn: allein! (Ab.)

Achter Auftritt.

von Gollnow. Ada.

v. Gollnow. Wa—was? Mich will er? Wo ist der
Baron?

Ada. Er war eben noch hier!

v. Gollnow. Und darum störst Du mich? Ich sitze
im Pech — das Glück mußte sich sogleich einstellen.

Ada. Papa!

v. Gollnow. Was denn noch?

Ada. Da — hörst Du nichts?

(Erneuter Lärm; man hört Klopfen an einer entfernten Thür; tiefe Stille.
Dann starke Schläge. — Zwei Revolverschüsse).

v. Gollnow. Ma foi — wa—was bedeutet denn das Alles?

Ada. Vater — o! Mir wird übel. Wasser!

v. Gollnow. Wasser? Ja — hier ist etwas.

Ada. Mir wird so weh!

v. Gollnow. Trinke!

Ada (trinkt). O thut das wohl! Noch einen Schluck. So, das macht ruhig.

v. Gollnow. Aber was heißt das hier?

Ada. Mein Gatte, Papa, wird sich erschossen haben.

v. Gollnow. Entsetzliche! Du meinst — ? Du sagst das Allerschrecklichste so ruhig?

Ada. Stille! Sie bringen ihn hierher.

v. Gollnow. Der Baron — er ist todt? todt, — sagst Du?

Ada. Mir wird — so merkwürdig. Mir ist — gar nicht — wohl, Papa!

v. Gollnow. Erschossen? Er sich in der Hochzeitsnacht erschossen? Welch' Affront für uns!

Neunter Auftritt.

Vorige. Diener bringen den schwer verwundeten Ernthal. Fackelträger.

Ernthal. Trinkt — trinkt nicht — nicht aus dem Glas dort, da ist — 's' ist Gift darin!

v. Gollnow. Gift?

Ada. Jesus Christus!

v. Gollnow. Sie — sie hat ja schon getrunken!

Ernthal. Meine Gattin? Ihr lügt! Sagt doch nein! Sagt nein! O ich Teufel! Ich Teufel!

Ada. Verruchter! Ja, ich fühle, ich muß sterben. Die schwarzen Todesfittiche über mir!

v. Gollnow. Wehe! Wehe! Wehe! Du Verfluchter!

Ada. Papa! (Scharf.) Du lehrtest mich, den Angel auszuwerfen. (Matt.) Ich fing — den Tod — auf Deinen Rath!

v. Gollnow. Nicht ich! Nicht ich! O barmherzige Macht, richte nicht! Höre erst mein Gebet! Höre es! Sie verklagt mich vor Gottes Thron!

Ernthal. Ada, ich hatte nicht die Absicht! Nun bist Du mir aber Genossin auf dem dunklen Weg. Gieb mir die Hand, daß wir uns dorthin führen.

Ada. Gemordet! — Helft doch! Ihr steht so stumm — Ihr laßt mich hilflos sterben? Zieht mir den Ring, den schweren Ring vom Finger.

Eruthal (gespannt.) Ada, ich liebte Dich! Willst Du im Haß hinüber?

Ada. Mir wird entsetzlich schwer! Der Ring zieht mich abwärts.

Eruthal. Seht doch — sie stirbt! Im Haß willst Du sterben?

Ada. Der Tod löscht Alles — ich verzeihe. (Stirbt.)

Eruthal. Laßt mich zu ihr, noch ihre Hand zu küssen!

v. Gollnow. O sie ist todt! Wehe! Wehe! Wehe ihm! O wehe mir!

Eruthal. Verziehen — Du hast mir doch noch verziehen!

v. Gollnow. Mein Kind? Mein Halt im Leben? — So laßt uns beten für die Todte!

(Die Dienerschaft kniet nieder).

Letzter Auftritt.

Vorige. Littmann. Nortau. Dr. Börner.

Diener, Fackelträger ꝛc. drängen erregt und erschüttert nach.

Littmann. Seht doch — es ist so!

Nortau. Er hat sich selbst gerichtet. (Bleiben erschrocken stehen.)

Dr. Börner (sich nähernd). Dem Leben lohnt das Ende!

Eruthal. Sie kommen, Doktor? Ich könnte Ihnen nun selbst das Stichwort aller Anklagen gegen mich geben — aber schweigen Sie: ich bin ja bald am Ende! (Schmerzvoll.) Ein Ende — kläglich für mich stolzen Mann. Doch wird mir, was ich verdient. Unsere Thaten, Doktor, sind Aussaat und bringen sichere Frucht. Wer Gutes ernten will, säe Gutes. Denn die schlechte Frucht ist die Folge der schlechten Saat. O! In meinem Gehirn kreisen viel ähnliche Gedanken — davon einer obenauf: das Rechen=Exempel meines Lebens ist aus — ganz fertig. Mein Handeln war danach, und so stimmt die Lösung. Ach! sie ist verteufelt bitter.

Dr. Börner. Die Lösung stimmt! Sie brachten Leid und Tod auf Andere — und fallen selbst in Leid und Tod.

Eruthal. Das ist der bittere Nachgeschmack des Lebens. — Nur mein Interesse, nur mein beschränktes und vergängliches

Glück suchte ich. Frevelnd am Glück der Anderen gehe ich zu Grunde. So kommt mir die klare Einsicht in's Weltgetriebe — eine Herbstblume, der der Winter Tod nicht Zeit zur Frucht vergönnt.

Dr. Börner (tief erschüttert). Es bersten die Grundmauern meines Hasses; sie stürzen vor solcher Einkehr!

Ernthal. Es giebt ihrer viele, die am Menschenglück freveln. Denen erzählen Sie mein Ende. Es ist ein Beispiel, — Beispiele beweisen!

Dr. Börner. Meinem Groll schwand die Zunge!

Ernthal. Betten Sie uns neben Olga's Hügel. Bringt der Frühling Blumen, gönnen Sie auch mir davon. Ah — o — adée! (Stirbt, indem er Börner noch die Hand reicht.)

Dr. Börner. Es soll geschehen; ein gleicher Frühling schmücke alle Gräber. (Auf die Todten zeigend.) O lernt hieraus, Ihr Freunde: In unserer Welt der Menschen ziemt es, sich nur als Theil des Ganzen zu betrachten. Wie da lebt kein Jahrhundert, kein Volk und kein Mensch nur durch sich allein, also lebe auch keines nur für sich allein. Dem Glück der Menschheit soll unser Streben frommen — dem Glück der ganzen Menschheit, jetzt und immerbar!

Druck von A. Winser, Berlin SW., Wilhelmstr. 119 120.